CB045216

DEIXE A INGLATERRA TREMER

SÁVIO LOPES

DEIXE A INGLATERRA TREMER

COLEÇÃO NOVOS TALENTOS DA LITERATURA BRASILEIRA

novo século®

São Paulo. 2013

Copyright © 2013 by Sávio Lopes

COORDENAÇÃO EDITORIAL Nair Ferraz
DIAGRAMAÇÃO Dimitry Uziel
CAPA Monalisa Morato
PREPARAÇÃO Alessandra Miranda de Sá
REVISÃO Rita Costa

DADOS INTERNACIONAIS DE CATALOGAÇÃO NA PUBLICAÇÃO (CIP)
(Câmara Brasileira do Livro, SP, Brasil)

TEXTO DE ACORDO COM AS NORMAS DO NOVO ACORDO ORTOGRÁFICO
DA LÍNGUA PORTUGUESA (DECRETO LEGISLATIVO N° 54, DE 1995)

Lopes, Sávio
    Deixe a Inglaterra tremer / Sávio Lopes.--
Barueri, SP : Novo Século Editora, 2013. --
(Coleção novos talentos da literatura brasileira)

    1. Homens - Autobiografia 2. Lopes, Sávio
3.Viagens - Narrativas pessoais I.Título.
II. Série.

13-09248   CDD-920.71

Índice para catálogo sistemático:
1. Homens : Autobiografia 920.71

2013
IMPRESSO NO BRASIL
PRINTED IN BRAZIL
DIREITOS CEDIDOS PARA ESTA EDIÇÃO À
NOVO SÉCULO EDITORA LTDA.
CEA - Centro Empresarial Araguaia II
Alameda Araguaia, 2190 - 11° Andar
Bloco A - Conjunto 1111
CEP 06455-000 - Alphaville - SP
Tel. (11) 3699-7107 - Fax (11) 3699-7323
www.novoseculo.com.br
atendimento@novoseculo.com.br

Para minha mãe.

Agradeço a todos que, de alguma forma, inspiraram essa história.

1

> *Goddamn Europeans!*
> *Take me back to beautiful England*
> *And the grey damp filthiness of ages*
> *And battered books*
> *Fog rolling down behind the mountains*
> *And the graveyards of dead sea captains.*
>
> P. J. HARVEY

A sala de espera dos portões A8 e A9 do aeroporto de Confins me trazem muitas lembranças. Há mais ou menos um ano eu estava ali esperando o voo que me levaria a São Paulo e em seguida a Londres. Hoje, estou indo só para São Paulo.

Esse saguão já não parece mais tanto com o Brasil; a área do *Duty Free* é mais fria até mesmo que o restante do aeroporto, além de haver uma atmosfera com aroma diferente, mais leve. Tenho a impressão de que é proposital, para já ambientar o passageiro ao clima que o espera, já que a maioria dos voos que possuem embarque nesse portão faz conexão com voos internacionais para a Europa e os Estados Unidos.

O lugar é repleto de cadeiras de metal cinza com estofado azul-escuro. A maioria dos lugares ocupados são os mais próximos do telão situado no meio do salão, o qual indica os voos que estão previstos. No canto direito há uma banca de revistas e uma cafeteria. Do outro lado, uma loja assinalando o *Duty Free* ao lado dos banheiros e do bebedouro. Entre o banheiro e a loja há dois painéis com propaganda de bebidas importadas. Um dos anúncios, o mais chamativo, tem duas garotas atraentes saindo de uma limusine, tendo a singela frase anunciada: *Be fabulous*.

Fabuloso, era isso que a maioria dos que aguardavam pareciam querer ser. Madames entram no recinto como se fossem donas do lugar, afinal, estão indo para Miami, como anuncia a chamada do voo. Imagino se quando ia para Londres eu agi da mesma forma, demonstrando superioridade àqueles que faziam um curto voo nacional na classe econômica.

Não há como saber como me sentia naquele momento, nem mesmo se voltasse no tempo, afinal, os que se sentem superiores não acham que se sentem superiores. Apenas se sentem assim, como se não fosse nada mais justo.

O que me lembro de sentir naquele momento era a sensação, a mesma que sinto agora, de que havia feito algo de errado, como se tivesse entrado em um portão errado ou perdido o avião. Sentia-me também, assim como agora, impressionado com a quantidade de pessoas utilizando *notebooks*, todos parecendo concentrados, navegando na internet.

O orelhão está tocando, mas ninguém parece ter coragem de atender. Fico imaginando quem liga para o orelhão de um aeroporto. A maioria das pessoas prefere ignorar o orelhão; mantêm o semblante indiferente. Algumas expressões faciais chegam a ser irritantes, como as do homem de terno à minha frente, fazendo questão de demonstrar que, ao contrário da classe média em ascensão, não é a primeira vez que ele voa de avião. Igual o outro executivo ali do lado que assovia para provar como lhe é casual aquela situação.

Um pedaço da minha canela está aparecendo. Tomei tanto cuidado para não escolher uma calça que estivesse curta. O que é difícil, devido à minha altura. Ano passado tentei me vestir o melhor possível, para que não implicassem comigo no setor de imigração do Reino Unido. Hoje não me importei tanto.

Apesar de ter escolhido uma roupa bacana, naquele dia não me preocupei tanto em ser barrado, embora tenha ouvido falar que há certo racismo ao permitirem ou impedirem a entrada de pessoas nos países europeus. Apesar de ser radicalmente contra esse tipo de atitude, sou branco, tenho cabelo liso, sou narigudo e magro – o estereótipo de europeu bundão. Tampouco estava preocupado com o que aconteceria em seguida, quando chegasse a Londres. Pela primeira vez na vida resolvi deixar para solucionar os problemas quando surgissem, principalmente porque já tinha meu local de estadia planejado, e o resto não importava tanto.

Quando o aviso de embarque do voo para Guarulhos foi dado, ocorreu o mesmo que hoje: todos se precipitaram para o portão, como se fossem ser deixados para trás, até mesmo os mais engomados. Como eu não tinha pressa de entrar no avião, deixei que os apressados tomassem a frente.

Depois de algum tempo de espera, o avião decolou, sem antes passar os vídeos mostrando uma família carismática que viajava por aquela empresa e as indicações de segurança. Havia pouca gente no avião naquela noite. Ao meu lado sentavam-se duas mulheres loiras, mãe e filha, e ouvindo a conversa delas notei que iam para Miami passar alguns dias. A mais jovem ligava para a filha, uma criança, através de uma espécie de *walkie-talkie* de nova geração, avisando que estavam embarcando. A criança fazia gracinhas no telefone e, como era um *walkie-talkie*, todos ouviam a conversa em alto e bom tom. Quando a menina fazia gracejos, a mãe logo olhava para mim e ria com uma cara de "ela não é linda?", enquanto eu fingia estar concentrado em alguma outra coisa, que por sinal não existia, só para não partilhar daquele momento ridículo.

Sentado ao lado da janela era possível ver as minúsculas luzes que desenhavam Belo Horizonte na decolagem, e, ao chegar a São Paulo, avistar as luzes que formavam os arredores.

Imaginava se era possível ver a casa do Fernando. Quando estávamos em sua casa, olhávamos pela janela e imaginávamos que dali a uns dias eu estaria em um daqueles aviões que sobrevoavam a cidade. Obviamente, não era possível reconhecer nem mesmo os grandes prédios da vizinhança olhando pela janela do avião.

Quando o avião aterrissou em São Paulo, descemos a escada, e todos os passageiros se espremeram em um micro- -ônibus que levava ao terminal, a maior parte precisando ficar em pé. Foi até divertido ver os homens de negócios e as madames *secando sovaco*. Em algum momento de suas vidas, provavelmente repudiaram a ideia de pegar um ônibus lotado, mas era impossível evitar aquele em que estávamos.

Depois de passar pela fila enorme da inspeção na conexão para os voos internacionais e aguardar novamente em outra sala de espera por umas boas horas, embarquei no voo para Londres. O avião na ocasião era mais espaçoso e tinha também uma telinha com filmes, séries, música e jogos, o que achei que ajudaria a enfrentar as doze horas de viagem. Eu estava na fileira do meio, na terceira cadeira da esquerda para a direita. Algum tempo depois chegou uma mulher loira de olhos claros, uma jovem mãe com seus dois filhos, que se sentaram ao meu lado. Um deles era bebê, a outra era uma menina inquieta. Eles falavam inglês e português. Pelo que me pareceu, era uma mãe brasileira que teve os filhos na Inglaterra. Havia pedido um lugar no avião em que pudesse esticar minhas pernas, mas me colocaram na primeira fila em frente à divisória com a primeira classe, o que acabou me deixando espremido da mesma forma.

A mulher loira contava à comissária de bordo que aquela era a primeira vez que viajava sozinha com as duas crianças e que por isso havia escolhido aquele lugar, para que pudesse instalar uma espécie de berço acoplado à parede divisória para o bebê. No fim das contas o berço do bebê foi instalado no meio da parede, ou seja, ficou quase na minha frente.

Ao ver a mãe conversando com a filha, comecei a imaginar quem eram, para onde iriam e de onde tinham vindo, e, para me entreter, acabei criando histórias imaginárias. Olhei ao redor e comecei a ver as outras pessoas, supondo quais delas eram brasileiras e quais eram estrangeiras, o que era fácil de distinguir. Fiquei criando hipóteses do que iriam fazer em outro país ou que faziam no Brasil.

Minha imaginação é muito fértil. Imaginei toda a história de vida da mulher loira ao meu lado, obviamente brasileira, que em minha cabeça tinha conhecido seu marido durante uma viagem turística a Londres aos 25 anos e se apaixonado, e, para que não se separassem devido a motivos legais, haviam se casado e permanecido em Londres. Depois de alguns anos vieram os dois filhos, o que é inclusive incentivado pelo governo inglês. Naquele mês de novembro, havia levado os filhos para conhecer os parentes brasileiros e agora voltava para a casa e o marido, que não pudera viajar por motivo de trabalho.

Fiz isso repetidamente com diversos outros passageiros, para passar o tempo, intercalando com alguns filmes, séries e músicas que o avião oferecia. A menina ao meu lado dormia toda esticada, a mão invadindo minha cadeira, e quando acordava era para reclamar com a mãe. Seu irmão bebê também não ajudava: caía no choro de tempos em tempos. Não posso culpá-lo; a pressão da decolagem deve incomodar muito um recém-nascido.

A viagem foi cansativa, mas não pude reclamar do conforto; já tive viagens piores e mais longas.

Logo que saí do avião senti uma diferença no clima. No corredor que levava ao aeroporto já dava para sentir o frio do inverno londrino e, pela janela, pude admirar a atmosfera, que parecia envolta por um véu branco e fino.

Chegando ao aeroporto, fiquei um pouco confuso e com medo de surtar ao me dar conta de que estava sozinho em outro país. O medo era mais da minha própria reação do que da situação em si. Peguei minha mala e fui para a fila da Imigração, que por sorte estava quase vazia. Preenchi um formulário sobre o que fazia no país e onde me hospedaria. Enquanto esperava na fila, vi um jovem de uns catorze anos com o irmão mais novo ouvindo a funcionária do aeroporto indignada dizer em alto som, em inglês:

– Mas você vem para o país assim, sem saber onde ficar nem o que fazer?

Fiquei preocupado com o rapaz; ele estava meio desesperado, e imaginei se seria mandado de volta ao seu país.

Aquela cena me deixou um pouco temeroso com minha própria situação, mas, antes que pudesse imaginar um final trágico, já estava sendo chamado. Fui logo mostrando meu passaporte com o visto e o endereço da mulher que iria me receber, bem como a carta da escola em que iria fazer o curso de inglês, chamada Athenaeus. Para que eu pudesse conseguir o visto para trabalhar meio período e ficar mais de três meses no país era necessário que eu fizesse um curso de inglês em uma instituição autorizada.

Para mim, o processo foi simples. Considerei um dia de sorte, pois não tive nenhuma dificuldade na Imigração. Mais tarde descobriria que nem todos têm a mesma sorte que eu, mesmo estando na mesma situação.

Peguei minha mala e procurei um guichê em que pudesse tirar dinheiro sem pagar taxas extras. A transação em si já envolvia uma taxa de em média dois dólares por saque. Encontrei um caixa e tirei poucas libras; já trazia comigo alguns dólares que minha mãe havia me dado, e carregava o dinheiro em uma bolsa com elástico preso à minha barriga. Cuidava daquele dinheiro como se fosse um filho. Rapidamente saí da zona internacional e fui para a entrada do aeroporto de Heathrow.

Olhei o relógio; ainda eram catorze horas. Eu ia para a casa da Sandra, a senhora que iria me receber. Havia conversado com ela por telefone e a achei muito simpática. O problema naquele momento era que havia combinado de chegar somente às dezoito horas, o horário em que ela chegava do trabalho. Estava quatro horas adiantado e não havia nada para fazer no aeroporto.

Enquanto dava um tempo para que pudesse ir para a casa da Sandra, resolvi dar uma sondada nos preços de produtos no aeroporto. Uma barra de chocolate gigantesca por seis libras, livros por dez libras, uma garrafa de água por três libras. Achei tudo muito caro, mas já imaginava que fosse assim, especialmente no aeroporto.

Vi a mãe loira que estava a meu lado no avião encontrar o marido, que já estava pronto para levá-los para casa. Naquele momento a invejei; me dava um pouco de desespero não ter nenhum conhecido naquela terra. Adoraria ter alguém me esperando no portão de desembarque.

Reparei que havia uma grande quantidade de indianos naquele aeroporto. Passei um tempo imaginando o que todos estariam fazendo em Londres. Era admirável a beleza de seus trajes, especialmente o das mulheres, que usavam muitas cores. Vi um casal indiano que pareciam rei e rainha – usavam muitos ornamentos; o homem com roupas brancas que até brilhavam de tão limpas e a mulher com uma maquiagem típica muito bem-feita e adornos que deviam ser de alto valor.

Em meio ao *hall* de entrada do terminal 1 tinha um grande anúncio que dizia: *Use o metrô, faça como todo bom londrino*, e uma seta apontando para o acesso ao caminho para o metrô logo ao lado. Sabia que era muito mais em conta usar este transporte, mas eu não tinha a menor ideia de como fazer isso, ou de como chegar à vizinhança onde iria me hospedar.

Fui até a entrada do aeroporto pesquisar o preço dos táxis até Brockley, onde iria morar. A brisa chegou a me assustar quando pisei fora do ambiente térmico do aeroporto; aquele clima frio tinha um aroma diferente no ar, não é o mesmo frio do inverno brasileiro, úmido que dá dor de cabeça; é um clima mais leve, mais seco.

Logo que saí, me lembrei de Liége, na Bélgica, onde morei dos quatro aos oito anos. Tenho excelentes lembranças da Europa na minha infância, e a educação primária rígida que recebi lá foi marcante, pelo bem e pelo mal.

Avistei uma fila de táxis pretos grandes com um *design* antigo. Apesar de serem notavelmente novos, tinham um formato que lembrava o fusca. Pareceu-me uma tentativa de nos transportar para a década de 1920 ou de 1930. O taxista me informou que para me levar até Brockley eram por volta de oitenta ou noventa libras, o que considerei uma facada. Tentei negociar o preço, mas estava em situação de desvantagem, em um país estrangeiro e falando um inglês medíocre por conta do nervosismo, então não consegui nenhum abatimento no preço. Conformado, voltei para o saguão e esperei.

2

Turn this crazy bird around
I shouldn't have got on this flight tonight.
JONI MITCHELL

    Eu me lembro dessa viagem sempre que sinto o cheiro do perfume para roupas que coloquei na minha jaqueta naquela ocasião. Naquele momento, vestia calça jeans escura, tênis Adidas preto, um moletom verde-escuro grosso e uma jaqueta que foi do meu pai.

    Aguardei algumas horas no aeroporto. Quando eram dezesseis horas, já não suportava mais ficar ali no saguão de entrada. Senti uma paranoia imaginando que, se fosse roubado ali, não me sobraria mais nada; tudo o que eu tinha estava naquele lugar comigo: roupas, dinheiro, documentos. Cada olhar demorado que recebia no aeroporto me dava calafrios.

    Cansado de ficar no mesmo local, peguei o táxi e indiquei o endereço ao motorista, um típico *gentleman* inglês, vestido de terno, com forte sotaque britânico e cara de mau humor. No Brasil, os taxistas têm o hábito de conversar com os passageiros, perguntar o que fazem na cidade, quanto tempo pretendem ficar, e fazem o possível para agradar o cliente. Alguma coisa me dizia, no entanto, que com aquele motorista não seria igual.

Saindo do estacionamento do aeroporto, entramos em uma longa avenida rodeada por árvores que haviam perdido a folhagem. Apesar de ainda estar cedo, já anoitecia, e a famosa neblina londrina formava um véu que cobria a paisagem.

À medida que avançamos, comecei a avistar alguns blocos de prédios domiciliares, cercados por muros de tijolos laranja. Eram prédios também de tijolos quadrados de no máximo três andares e muito bem conservados, muito diferente das periferias urbanas a que estou acostumado.

Depois de um tempo, começamos a avistar alguns pedestres, mães caminhando com carrinhos de bebê, homens vestindo sobretudos no retorno do trabalho com suas pastas de couro. Imaginei o quanto aquelas pessoas seriam diferentes de mim, culturalmente falando. Vários ciclistas voltando para casa do trabalho, todos equipados com uniformes cheios de refletores, capacete, lanterna e tudo o que fosse preciso para ser visto em meio à neblina.

Começamos a adentrar tradicionais vizinhanças londrinas, com casas vitorianas de dois ou três andares, brancas com janelas grandes, portas com três degraus de escada na entrada e telhado cinza. Todas as casas coladas uma à outra, sem muros para cercá--las. Em frente às casas havia recipientes de lixo verde e preto para que as pessoas não colocassem o lixo na calçada. Isso me fez pensar em como os países europeus aprenderam por meio de experiências históricas a necessidade de higiene.

Parecíamos estar nos aproximando da região central de Londres. Não sabia se aquele era o melhor caminho, mas era o indicado pelo GPS do táxi. O que me preocupava era o fato de que, ao nos aproximarmos do centro, o trânsito se intensificava e, mesmo com o carro parado, o taxímetro continuava funcionando.

Passamos por ruas mais movimentadas, por pedestres e carros. Eu me lembrava de que os carros dirigiam na mão contrária no Reino Unido, mas mesmo assim estranhei ver o banco esquerdo vazio em alguns deles. Pior ainda foi ver um carro que, por alguns instantes, parecia ser dirigido por uma criança.

Aproximamo-nos da margem do rio Thames, que estava muito bonito e reluzente naquela noite. Lembrei-me de sua história, de ter castigado os londrinos com seu odor durante a época da rainha Vitória, quando era chamado de *The Great Stink*. Naquela noite não havia nenhum odor no ar, apenas a sensação nostálgica que me dava ao estar no mundo antigo, que me trazia *flashes* da infância, dos momentos em que fui à cidade nas férias escolares.

Entramos em uma grande avenida e algum tempo depois passamos por um enorme prédio muito bem iluminado, com várias cores. Fiquei imaginando que prédio seria aquele. Pensei que fosse o Parlamento visto de lado e resolvi perguntar ao motorista. Mal-humorado, ele murmurou alguma coisa que não entendi. Não me atrevi a perguntar de novo.

Atravessamos ruas com decorações natalinas surreais. As luzes faziam parecer que estávamos em uma dimensão paralela, o que contrastava com a arquitetura de séculos atrás. Perturbei o motorista novamente para perguntar qual era o nome daquela rua. Ele não devia mesmo querer conversa, porque resmungou outras palavras que, mais uma vez, não consegui entender.

Cruzamos uma estação rodoviária, com poucas pessoas entrando e saindo. Ponderei se era perigoso andar à noite pelas ruas do centro sozinho; aquele ponto me pareceu meio sombrio, até me lembrou *Jack The Ripper*.

Depois de algum tempo, comecei a reparar na quantidade de *outdoors* por que passamos. Diversos musicais, peças teatrais e cartazes do filme *Avatar*. Uma das minhas vontades era economizar dinheiro para assistir a algum show de alguma banda que estivesse em Londres. Eu havia pesquisado antes de viajar e não sabia de nenhuma entre as minhas favoritas. Mas a ideia de assistir a um musical ou a uma peça teatral inglesa também me atraía. Só não sabia se teria dinheiro para isso.

Voltamos a entrar em vizinhanças domiciliares. De repente, as casinhas pareciam todas iguais – as de agora possuíam alguns detalhes coloridos, diferentemente do outro bairro mais próximo ao aeroporto, mas as diferenças eram sutis.

Atravessamos diversas ruas, todas muito parecidas. Eu havia encontrado a casa em que me hospedaria em mapas virtuais, mas com certeza me perderia em meio àquelas ruas, idênticas à primeira vista.

De repente, ele parou o carro e me disse:

– É ali na frente, vou conferir.

Então ele desceu do carro e atravessou a rua, enquanto o taxímetro continuava contando. O motorista demorou a voltar e, quando o fez, me apontou qual era a casa e desceu com minhas malas do carro. Era uma mala enorme de rodinhas, uma menor de mão e uma mochila. Na hora de pagar, me cobrou mais de noventa libras pela corrida.

– Quando o carro parou, ele marcava oitenta e seis libras – falei, e de fato era o que marcava.

Ele tentou me convencer a pagar mais, mas, quando viu que eu não abriria mão, acabou desistindo. Quatro libras valiam na época quase doze reais, o que é bastante para quem gastou tanto dinheiro com um único táxi.

Quando desci do carro, o motorista parecia aborrecido e não esperou para se certificar de se aquele era de fato meu destino.

A rua estava congelante, e uma chuva fina caía, quase se tornando neve. Fazia tanto frio que as poças de água no chão estavam congeladas. Aquela atmosfera do inverno europeu naquele momento me trouxe mais lembranças da infância.

Acho que as recordações me traziam certa segurança, não parecia tanto estar sozinho em um país tão distante do meu.

Atravessei a rua e conferi se aquele era o número. Realmente era, mas na hora de tocar a campainha vi que cada um dos dois andares da casa era um apartamento diferente e havia duas campainhas. O endereço que me foi dado não mencionava qual era, por isso resolvi começar pelo térreo. Toquei e ninguém atendeu. Fiquei com medo de estar atrapalhando o jantar de alguma família tradicional. Imaginei a família à mesa tomando chá e dizendo: *Mas que inapropriado tocar a campainha a essa hora. É uma lástima que não exista mais boa educação neste país.*

Tentei o outro andar, mas também não tive resposta. As luzes do corredor de entrada estavam acesas e era possível ver certa iluminação vinda das janelas superiores. Imaginei que estivesse sendo ignorado. Ajudado pelo meu olfato, quando me aproximei da porta, deu para sentir o cheiro de lugar aquecido a aquecedor, tudo que eu mais queria naquele momento. Em seguida, bati à porta e voltei a tocar a campainha, uma vez em cada um dos apartamentos.

Para não parecer inconveniente, esperei um pouco. O frio estava de cortar o rosto; a chuva não chegava a molhar muito, mas era incômoda, e tinha que deixar minhas mãos dentro dos bolsos para que não doessem de frio.

Não havia nenhum lugar seco para me sentar, então fiquei em pé ao lado das minhas malas empilhadas, vendo as pessoas passarem. Imaginei como eu faria caso entrasse em desespero, a qual dessas pessoas eu poderia recorrer.

Comecei a reparar que praticamente todas as pessoas que passavam por aquela rua eram negras, o que achei interessante, pois esperava ver um monte de gente branca na vizinhança. Isso me intrigou bastante, pois nem mesmo no Brasil, que é um país com forte descendência africana, notam-se tantos negros no mesmo local, já que o país passou por um processo de miscigenação e a maioria da população é composta de mestiços.

 Depois de algum tempo, um homem saiu da casa ao lado. Quando digo casa, entenda-se apartamento, já que era composto por dois ou mais *flats*, mas a aparência era de uma casa. A porta perto da qual eu aguardava tinha outra logo ao lado da casa que era colada a ela, assim como as demais. O homem alto e negro que saiu da casa me cumprimentou de forma simpática, o que me impressionou, pois esperava que os ingleses fossem mais ríspidos. Em seguida, me perguntou:

 – Está procurando pela Sandra?

 Aquilo me deu um grande alívio; era sinal de que estava no lugar certo.

 – Sim! Sim! – respondi na hora.

 – Ela mora no apartamento do subsolo, mas não sei se ela já chegou do trabalho – disse-me o homem.

 Depois de agradecer, vi que havia uma escada ao lado e que lá tinha outra porta e outra janela, em que não imaginei que houvesse outro apartamento. Foi muito difícil descer com as malas, mas pelo menos não ficariam expostas na chuva.

 Toquei a campainha e logo em seguida ouvi um cachorro latir. Esperei, mas ninguém atendeu. Voltei a tocar e o cachorro continuou latindo. Achei melhor subir, com medo de que os vizinhos estranhassem alguém no andar subsolo enquanto o cachorro latia e chamava a atenção. Fiquei na rua esperando, enquanto a chuva piorava. Naquele momento, comecei a sentir um pouco de desespero. Não havia um plano B, não havia a quem recorrer naquela terra estranha. E se a Sandra não aparecesse tão cedo? E se a Sandra que eu procurava morasse em outro lugar, do outro lado da cidade?

 Inúmeras possibilidades desesperadoras passaram pela minha cabeça.

3

> *Hey white boy*
> *What you're doing uptown?*
> *Hey white boy*
> *Are you chasing our women around?*
> THE VELVET UNDERGROUND

Herdei da minha mãe esse hábito de imaginar todas as tragédias possíveis que podem acontecer. Geralmente é útil para se prevenir, mas naquela situação não ajudava em nada.

Enquanto eu observava os moradores daquela rua, a Drakefell Road, um homem jovem se aproximou de mim e me cumprimentou com um aperto de mão. Assustei-me com a atitude inusitada, mas retribui o gesto.

– Não se assuste! Você está esperando pela Sandra, não é? – disse.

O jovem adulto era alto, negro e de cabelos raspados, e o que mais chamava a atenção em sua aparência era um dente de ouro, que marcava o meio de seu sorriso.

Confirmei que esperava a Sandra, e ele se apresentou como filho dela, Hugh. Custou algum tempo para compreender seu nome, que, apesar de simples, era difícil de entender em inglês. Só entendi mesmo quando ele falou:

– Como Hugh Jackman.

Seu sotaque tinha algo de jamaicano, algo que tinha ouvido apenas em séries norte-americanas. É um falar mais despojado e com palavras emendadas umas às outras.

Hugh abriu a porta do apartamento e logo em seguida outra, dando para um cubículo com alguns sapatos, casacos e guarda-chuvas, o que me fez pensar que tênis molhados não eram bem-vindos ali. Demonstrei minha preocupação em sujar o chão, mas Hugh disse:

– Não, tudo bem, não se preocupe com isso agora.

Sempre me preocupei muito em não ser uma visita inconveniente, talvez pelo tanto de vezes que minha mãe me repreendeu quando criança.

Eu era do tipo que dizia tudo que vinha à cabeça. Certa vez, quando tinha quatro anos, joguei vários tomates em um amigo dos meus pais que não me deixou entrar em sua casa em reforma e, como eu queria seguir minha mãe, que havia entrado, descontei minha raiva usando a caixa de tomates que estava ao meu lado.

Mas, naquele dia em Londres, além de estar em uma casa que nunca havia frequentado e cuja proprietária não conhecia pessoalmente, ainda estava em outro país, um país famoso por seus cidadãos sistemáticos e ríspidos – daí o cuidado ser redobrado.

O *hall* de entrada do apartamento da Sandra era estreito com paredes brancas. No canto direito, um aquecedor também branco, que garantia o aquecimento aconchegante do lugar. Aos pés do aquecedor, um tapete em que haviam acomodado botas de chuva e tênis. O piso no corredor era de madeira corrida. Logo à frente, no canto direito do corredor de entrada, havia uma escada estreita forrada com carpete vermelho.

Hugh me convidou a prosseguir pelo corredor. Antes de passar pela escada havia uma porta do lado esquerdo e, por um breve instante, pude ter um relance de uma sala de estar com um sofá grande que ocupava duas paredes, sendo que em uma delas havia uma grande janela que dava para o subsolo da rua. Em outra parede havia uma televisão e, na outra, pouco visível por causa da porta, algumas estantes e caixas empilhadas.

Prosseguimos pelo corredor ao lado da escada. De repente, uma cadela de porte médio, marrom e com manchas pretas e brancas veio ao nosso encontro, latindo e rosnando.

– Não se preocupe; essa daí late, mas não morde – comentou Hugh.

Gostei muito da cadela logo de início; sempre gostei muito de cães e, apesar do seu comportamento hostil inicial, ela logo simpatizou comigo também.

Entramos por uma porta semiaberta à esquerda que dava para uma cozinha pequena e bastante aquecida. Nela, havia um jovem estudando. Ele era alto (não tanto quanto eu), branco, de cabelos pretos e lisos, e usava óculos. Vestia um conjunto de moletom e, ao nos ver, estampou um sorriso no rosto e veio se apresentar. Seu nome era Matteo e pelo seu sotaque dava para notar que era italiano.

Hugh explicou que ele ficava no outro quarto da casa e que também estudava no Athenaeus. Sentamos à mesa, e Hugh contou que não morava lá, mas passava por lá toda semana, pois trabalhava perto.

Não demorou muito e Sandra chegou. Era uma mulher elegante, por volta dos cinquenta anos, negra, de estatura mediana e ombros largos. Tinha cabelos grisalhos e curtos, alisados, formando uma franja jogada para o lado. Usava botas, cachecol e casaco, necessários naquela época de frio.

Quando chegou, nos cumprimentou alegremente e se apresentou. Pediu desculpas pelo atraso e me convidou para conhecer o apartamento. Serviu-me chá e indicou que ficava muito bom com leite, do jeito que ela tomava. Para nós brasileiros, a ideia de misturar chá com leite parece loucura, mas resolvi arriscar.

Gostei da mistura inusitada. Enquanto tomávamos o chá, conversamos sobre o Athenaeus, onde ficava, e eu contei um pouco sobre o Brasil, que era graduando em jornalismo, tinha vinte anos e havia saído de casa aos dezessete para estudar.

Depois de tomar o chá, Sandra foi me mostrar meu quarto. Subimos a estreita escada e passamos por um curto corredor também estreito que tinha um armário e algumas embalagens grandes de plástico, o que dificultava ainda mais a passagem. Havia duas portas no pequeno corredor, uma à esquerda, que parecia ser do quarto ocupado por Matteo, e uma porta mais à frente, no final do corredor.

Quando Sandra abriu a porta, fiquei encantado com o quarto em que me hospedaria. Ele era um pouco maior que o outro, o piso de madeira era mais claro e a cama, também maior. Havia um guarda-roupa e uma cômoda encostados na parede à direita e, em cima da cômoda, uma pequena televisão. No canto esquerdo ficava a cama, que tinha um aquecedor logo atrás. Ao lado da cama havia uma mesa de cabeceira feita de vidro com algumas folhas em uma pasta. A primeira dizia: *Regras da casa*.

Na parede em cima da cama havia um belo quadro de uma mulher negra, jovem, de cabelos negros – uma imagem meio abstrata em que a mulher nua estava encolhida e com a cabeça baixa.

Sandra me deixou sozinho para que organizasse minhas coisas e avisou que dali a uma hora o jantar estaria pronto. Rapidamente organizei minhas roupas na cômoda e as jaquetas mais pesadas nos cabides.

Quando terminei, sentei e respirei fundo.

Foi o primeiro momento em que parei para pensar no que fazia e em onde estava. Tudo aconteceu muito rápido desde que saí de Minas Gerais e fui para a casa dos meus pais para arrumar minhas malas. Na correria, não havia pensado ainda que durante os quatro meses em que ficaria em Londres estaria distante de todos aqueles que eu conhecia; que lidaria com pessoas completamente desconhecidas; e que, de início, não haveria nenhum rosto amigo para me confortar.

Preocupei-me também em como faria para entrar em contato com minha família e amigos. Pelo pouco que vi, não parecia ter nenhum computador na casa. Sabia que em algum momento arrumaria alguma forma de contatá-los, mas o fato de não saber como ou quando me angustiava.

Não quis nem pensar na distância física em que estava daqueles que amava; não era como estar em outra cidade, pegar o ônibus e revê-los algumas horas depois – era outro continente, o outro lado do mundo.

Liguei a televisão para me distrair. Havia uns cinco canais disponíveis. Coloquei em um telejornal da BBC para que eu pudesse treinar minha audição de inglês.

Fiquei impressionado com a dificuldade em entender o sotaque britânico. Conversando com Matteo e Sandra, havia me parecido muito mais fácil, talvez porque falassem mais devagar. Matteo chegou a dizer que meu inglês era muito bom e perguntou se eu não havia morado em algum país de língua inglesa antes. Ele me contou que era a segunda vez que vinha estudar em Londres e que achava que seu inglês ainda não estava tão bom. Esperava melhorá-lo naquele último mês na Inglaterra. Ele queria ficar bom no inglês para que, quando voltasse para a Itália, pudesse trabalhar com hotelaria, seu sonho profissional.

Já que a televisão não estava prendendo minha atenção, peguei o manual de regras da casa para me inteirar. Dizia que cada um era responsável por seu quarto, que devia mantê-lo limpo. Para lavar as roupas, havia uma máquina de lavar e secar que ficava na cozinha. O sabão em pó devia ser comprado pelo próprio hóspede. O manual falava também da Pan, a cadela, e dizia que se podia brincar e passear à vontade com ela, mas que tínhamos que respeitá-la e tratá-la bem. Dizia que o jantar e o café da manhã também estavam inclusos na estadia, e que, caso não fôssemos jantar em casa, que avisássemos com antecedência. Pelo que constava ali, Sandra não se preocupava com o fato de que saíssemos à noite ou até mesmo se não dormíssemos em casa, mas pedia que avisássemos, para que não ficasse preocupada.

Fiquei um tempo ali pensando na distância que eu havia percorrido em tão pouco tempo e como estava longe de tudo que compunha minha vida. Ao mesmo tempo, muitas coisas eram familiares e me lembravam minha infância: o frio, o cheiro da chuva prestes a congelar e se tornar neve, além da atmosfera daquele apartamento apertado e com calor artificial gerado pelo aquecedor.

Escutei me chamarem para jantar e desci em seguida, para não dar impressão de desleixo. Por sorte, ela havia feito frango além da carne de boi; avisei que só comeria o frango, já que não comia carne vermelha. Reparei na quantidade de carne servida, e Sandra comentou que na Inglaterra se comia muita carne, enquanto os franceses consumiam pouca. Por isso, os franceses recebiam dos ingleses o apelido de *sapos*. Pelo que ela falou, parecia haver uma rixa entre os países por conta da culinária.

Conversamos por um tempo sobre nossos países, e contei um pouco sobre o Brasil e seus falsos estereótipos de futebol, Carnaval e pobreza. Matteo falou sobre a Itália e Sandra contou como amava a Jamaica, terra de seus pais. Dei a ela presentes do Brasil – era um kit de sabonetes ecologicamente corretos de uma empresa de cosméticos brasileira, além de um anel da pedra topázio-imperial, encontrada somente na cidade em que cresci.

Ao fim do jantar, tentei mostrar educação e disse que lavaria os pratos, mas Sandra insistiu em que eu não deveria fazer isso, pelo menos quando ela estivesse lá. Por medo de quebrar alguma regra, acabei aceitando, de certa maneira aliviado.

Em seguida, Sandra foi me mostrar como funcionavam as coisas na casa. Mostrou-me o banheiro, onde, assim como em muitas casas europeias, o vaso ficava em um banheiro separado da banheira e da pia, ambos em aposentos minúsculos. Não havia chuveiro, o que costuma ser estranho para nós brasileiros. Sandra pediu que Matteo me explicasse sobre a limpeza do banheiro, já que ele já morava ali fazia três meses e era a segunda vez que se hospedava na casa. Matteo me disse que depois do banho eu deveria pegar a bucha, aplicar um *spray* de limpeza em algumas partes da banheira, limpar e enxaguar. Perguntei:

— Só isso?

Pareceu-me muito simples para quem está acostumado com esquemas de divisão de tarefas muito mais complexas em minha república de estudantes no Brasil.

Pelo que entendi, nesses pequenos *flats* ingleses a limpeza era muito mais prática do que em meu país; nem precisam de uma diarista, é só passar um aspirador de pó semanalmente no pouco carpete que tem cobrindo o chão e pronto! No Brasil é mais comum encontrar pisos de madeira e pisos frios em ambientes mais espaçosos, tudo isso devido ao calor.

Ainda era cedo, mas subi para dormir. O fim da noite era quando eu geralmente passava o tempo jogando conversa fora com amigos ou com minha família, quando estavam por perto. Naquele momento, nenhum deles estava próximo, e eu sequer tinha alguma forma de despistar essa distância. Na casa não havia internet, e eu não poderia usar o telefone pessoal da Sandra para ligar para alguém, mesmo porque isso sairia muito caro. Minha mãe havia ligado para a casa da Sandra, mas fora uma conversa rápida, só para saber se havia chegado bem. Aquelas poucas palavras, no entanto, haviam me dado um pouco de alívio. Acho que já estava cansado de falar inglês e precisava ter uma longa conversa em português para contar tudo aquilo que eu havia visto. É claro, poucos minutos de conversa não tinham sido suficientes para contar tudo o que eu queria, e ainda me sentia isolado do meu mundo.

A angústia foi aumentando e eu deixei que me levasse, pois sabia que era inevitável. Ouvi Joni Mitchell cantando: *everybody's saying that hell is the hippest way to go. Well, I don't think so. But I'm gonna take a look around it though.* Chorei feito um idiota.

4

L.I.F.E. G.O.E.S.O.N.
You've got more than money and sense, my friend
You've got heart and you go in your own way.
NOAH AND THE WHALE

No dia seguinte, quando despertei, não acreditei que já eram sete e meia da manhã. Como não tinha nenhum despertador, pedi ao Matteo que me acordasse. Quando ele me chamou, ainda estava escuro e parecia que eu só tinha dormido meia hora; minha vontade era dormir pelo menos mais umas quatro. Devia ser o tal do *jet lag*. Desci para tomar café da manhã.

Fui me arrastando até a cozinha, enquanto Matteo arrumava suas coisas para entrar no banho. O frio não me dava muita vontade de tomar banho àquela hora; já não sou muito adepto a essa prática, ainda mais naquela temperatura. Matteo me mostrou as opções para o café: havia pães de forma que ele colocou na tostadeira e dois tipos de cereais. Sandra saiu do quarto vestindo um roupão branco e me deu um bom-dia sonolento. Ela foi esquentar água para fazer chá em um ebulidor elétrico. Contou que aquele horário o banheiro era disputado para tomar banho, já que só tinha um na casa. Respondi que para mim isso não era o menor problema; não me arriscaria a entrar no banho logo de manhã. Sandra riu e me serviu água na xícara com um sachê de chá que depois completei com leite. Comi duas fatias de pão integral tostado com margarina e bebi o chá. Achei o pão meio seco, então resolvi que no dia seguinte apostaria no cereal.

Subi para me trocar. Vesti um jeans grosso, camisa, moletom, duas meias, a mesma jaqueta e tênis do dia anterior. Acrescentei um cachecol para garantir e um par de luvas. Todo empacotado, desci para irmos para a aula. Matteo estava terminando de se arrumar e ficou se desculpando pelo atraso. Quando saímos estava extremamente frio, mas era uma sensação muito agradável caminhar naquela bela vizinhança, mesmo com o vento cortando o rosto. O chão estava escorregadio porque havia se formado uma fina camada de gelo da chuva da noite anterior.

Fui tentando acompanhar o ritmo de Matteo, tomando cuidado para não cair. Já ele caminhava com mais naturalidade. Algumas pessoas passavam na rua, um idoso carregando um jornal e crianças a caminho da escola.

Paramos em um ponto de ônibus, onde uma mãe e duas crianças muçulmanas já estavam aguardando. Perguntei para Matteo onde era o ponto que devia descer na volta, pois não sabia se ele iria voltar comigo. Ele me disse que o ônibus anunciava Endwell Road e me apontou onde era. Para memorizar, associei com o final feliz (*end well*) após uma jornada no gelo.

Já tinha um tempo que eu havia levantado, mas minha preguiça persistia. Eu não sabia em que turma iria estudar nem estava muito interessado em saber ou em ter qualquer aula. Tinha mais preguiça ainda de pensar em fazer novos amigos. *Já tenho amigos suficientes*, pensei. A verdade é que gosto de me identificar com a pessoa de início, e não passar pelo processo de *se conhecer*. Essa fase é a que mais me dá preguiça, ainda mais quando as pessoas insistem em forçar amizade.

Por sorte Matteo não era assim; nossas conversas eram mais aleatórias e por meio delas foi possível conhecer bastante um ao outro. Falávamos sobre nossa rotina e cultura. Fiquei curioso para saber mais sobre o que ele fazia em Londres. Ele me contou que não trabalhava e, ao contrário de mim, não tinha essa pretensão. Contou que estava focando nos estudos, queria melhorar o inglês para conseguir um bom emprego na Itália na área de hotelaria, em que era seu sonho trabalhar. Quando o ônibus chegou, eu e Matteo entramos, depois da senhora e das crianças. Ficamos um tempo em pé. O ônibus estava cheio; era o horário das crianças irem para a escola.

Fui vendo a vista durante o caminho. A vizinhança em Brockley é muito bonita. Passamos por Brockley Cross, uma avenida mais larga com vários *fast-foods*, para logo em seguida virar e entrar novamente em ruas repletas de casas vitorianas idênticas. Em alguns momentos era possível avistar prédios de dois ou três andares de tijolos vermelhos. Era impressionante como as ruas eram limpas e as casas bem-acabadas naquele lugar; jamais vi uma casa malcuidada. Adicionado ao efeito dado pelo véu da neblina, era algo inspirador e quase poético.

Enquanto conversava com Matteo, notei que ele era uma pessoa muito ligada à moda; era bastante estiloso e usava roupas de marcas famosas. Ele me contou que isso é muito comum na Itália, onde os homens são tão preocupados com vestuário quanto as mulheres.

Em certo momento, paramos num ponto diante de um campo grande e gramado, um parque com árvores na frente, muito bonito, que me lembrava minha infância. Eu costumava brincar em um lugar bem parecido, perto do meu prédio em Liége. Nesse ponto, todas as crianças do ônibus desceram. Havia uma mistura de crianças brancas e loiras, ruivas, muçulmanas e negras – parecia uma capa de livro didático de Sociologia.

Seguimos por mais ruas residenciais até adentrarmos avenidas mais movimentadas, com lojas e mercados. Assim que paramos no ponto de Ladywell Station, o cenário começou a mudar. A maioria das lojas eram espécies de mercearias com anúncios de *Pay to go* (pré-pago) na porta e uma pequena banca de jornais com tabloides ingleses próximo à entrada.

Paramos no penúltimo ponto, Lewisham Center. O percurso todo durou por volta de quinze minutos. Segundo Matteo, a pé durava em média meia hora.

Descemos em uma praça muito movimentada e cheia de barracas que vendiam diversos produtos: legumes, frutas, celulares, acessórios para eletrônicos, chapéus, luvas e bolsas. Matteo me disse:

— Quando estiver andando por aqui, toma cuidado, é bastante perigoso. Quer dizer, não tão perigoso, mas é cheio de gente, então tem que tomar cuidado.

— Pode deixar, sou acostumado — respondi.

Atravessamos a praça. No caminho passamos em frente à entrada de um shopping que Matteo me disse ser o Lewisham Shopping Center. Combinamos de passar lá mais tarde para eu comprar algumas coisas que me seriam necessárias. Além do shopping, tinham vários comércios na praça: roupas, eletrônicos, um pub chamado The Watch House e um McDonald's.
As pessoas que caminhavam em Lewisham estavam sempre apressadas, não importava o horário. Muitos adolescentes negros descolados, com um estilo meio *hip-hop*, e famílias indianas transitavam por ali. Inclusive muitos dos donos das barracas eram indianos. Todos estavam sempre bem agasalhados, até mesmo um mendigo e seu cachorro que andavam pelo local.

Quando chegamos ao outro extremo da pequena praça, Matteo apontou o Athenaeus, um prédio de quatro andares que ficava logo do outro lado da rua. Ele disse que a entrada estava sendo reformada, por isso a provisória era na parte de trás.

Atravessamos a avenida que separava a praça da escola, situada em um prédio alto e extenso. Do outro lado da rua havia um pub chamado One Pub. Dirigimo-nos para entrar pela parte de trás, depois seguimos por uma ruela sem saída que dava para um grande portão de entrada para carros. À esquerda havia um portão preto grande, parecendo uma saída de incêndio, pelo qual entramos e subimos vários lances de escada. No caminho encontramos grupos de pessoas que Matteo conhecia, as quais ele me apresentou, mas não consegui memorizar nem o rosto nem o nome delas. Algumas eram japonesas, alegres e carismáticas.

Chegamos ao penúltimo andar, onde entramos por uma porta com o nome da escola escrito. O aquecedor naquele lugar estava bem forte. Era reconfortante, mas tive que tirar o cachecol e a jaqueta logo na entrada. Estávamos um pouco atrasados, então Matteo rapidamente me levou à secretaria e se despediu para ir para sua aula.

Era algo muito novo pra mim conversar em inglês, por isso falei o menos possível. A atendente presumiu que eu não soubesse falar inglês, porque, naquele momento, não sei por que motivo, atrofiei. Ela estava atendendo outro aluno e pediu que eu me sentasse e aguardasse.

Fiquei sentado na secretaria, que tinha uma janela com persianas que dava para o *hall* de entrada. Este era forrado com um carpete escuro; as paredes eram finas e pareciam divisórias de madeira. Era um salão espaçoso, e à frente havia um balcão de formato arredondado onde havia uma secretária elegante, com um cabelo que parecia uma samambaia e um microfone/fone de ouvido que se encaixava no rosto. Tinha cara de arrogante. Parecia estar se sentindo a Madonna com aquele microfone.

A secretaria era como o *hall*, separada por uma divisória com uma janela e uma porta de vidro. Dentro da sala havia três mesas, uma mais à frente, onde estava a funcionária que iria me atender, e, mais ao fundo, dois outros funcionários sentados à frente do computador. A sala era cheia de papéis, armários e arquivos com gavetas.

Enquanto esperava, reparei que o rapaz que estava sendo atendido pela funcionária não falava muito bem inglês, e a situação estava um pouco difícil de ser resolvida. Senti um pouco de pena dele. Se eu já havia sentido certa dificuldade, alguém que não tinha habilidade com o inglês estaria ainda pior.

Depois de esperar os dois se resolverem, a funcionária me atendeu e disse que eu deveria fazer uma prova para saber para que turma eu iria.

Fiz a prova em uma sala vazia. Tinha a mesa do professor com um quadro branco atrás e por volta de dez cadeiras com uma pequena mesa acoplada. As salas de aula, assim como o restante do andar e da maioria dos estabelecimentos na cidade, não tinha janela.

A turma avançada era pequena; possuía um total de dez alunos. Entrei no meio da aula, me sentei em uma cadeira em um canto e me apresentei rapidamente dizendo meu nome, nacionalidade, e informando que tinha acabado de chegar ao país.

A turma tinha alunos de várias nacionalidades: duas italianas, uma japonesa, um argentino, uma alemã, um holandês, um turco, uma sérvia, entre outros. Todos entre 20 e 25 anos.

O professor era um típico senhor inglês, com postura ereta, cabelos grisalhos, óculos e paletó. Possuía um sotaque britânico bem acentuado. Durante a aula, lemos alguns textos e fizemos exercícios que o professor trouxe em folhas xerocadas.

Passou pouco tempo e já era hora do intervalo. Meus colegas de classe haviam combinado de ir a algum lugar lá na rua. Por causa do frio e por não ter sido convidado, fiquei dentro do Athenaeus mesmo.

No *hall* de entrada havia dois corredores que levavam à chamada *área do aluno*, local mobiliado com mesas, sofás, uma máquina para comprar batata chips e chocolate, com uma cozinha e um banheiro ao lado. Nas paredes, informações sobre grupos de viagens, locais para se visitar e informações sobre Londres. Muitas opções de entretenimento, a maioria fora do meu alcance financeiro. Alguns anúncios de musicais extrapolavam meus planos de gasto para um mês inteiro.

Quinze minutos depois, a turma do Matteo também saiu para o intervalo, e ele me chamou para sentar à mesa com eles. Apresentou-me aos colegas, que pareciam ser bem próximos. Imaginei se algum dia eu faria amizades assim naquela cidade.

Sabia que seria difícil fazer amigos. Primeiro, porque não sou nada simpático à primeira vista, e segundo porque tenho um pouco de preguiça social e não me esforço muito para pertencer a grupos. Mesmo estudando três anos com minha turma de faculdade no Brasil, ainda não era totalmente integrado à turma. Não que houvesse muita brecha para eu entrar na conversa, mas sequer fiz esforço.

Uma das amigas de Matteo parecia ser brasileira, não sei por quê. Acho que é a miscigenação, cabelos lisos castanhos, pele mais bronzeada, sorriso largo. Preferi não arriscar e, quando falei com ela, conversamos em inglês.

Quando estávamos quase voltando para a sala, Matteo me disse:

– Ah, esqueci de dizer: a Laura também é brasileira.

Sabia que minha intuição não estava errada. Quando começamos a conversar em português, foi um alívio para os meus ouvidos. Ela me contou que morava em Belo Horizonte, o que me deixou muito feliz, pois, além de ser brasileira, também era mineira. Não tivemos muito tempo de conversar e fomos para nossas salas.

Na saída da aula voltei a encontrar Laura e Matteo no *hall* de entrada do Athenaeus. Havia muitos outros alunos ali conversando, e a secretária com cabelo de samambaia estava ficando nervosa com toda aquela movimentação.

Laura me contou que ela estava adorando a cidade e que já estava lá havia cinco meses. No período da tarde, ela trabalhava na parte administrativa da escola. De repente, a secretária começou a gritar, contrariando todos os estereótipos da polidez britânica:

– Saiam do *hall* de entrada e vão todos para a área do aluno. Vocês estão me incomodando!

Depois de sermos enxotados de lá, Laura foi trabalhar, e Matteo me chamou para tomar uma sopa em um restaurante ali perto. Naquela região central de Lewisham havia vários tipos de restaurantes: chinês, português, turco, além de redes multinacionais.

Fomos a um restaurante minúsculo, e a única coisa que me atraiu no cardápio foi mesmo a sopa sugerida por Matteo, que tinha o menor preço. Eu convertia todos os preços da libra para o real, ou seja, multiplicava tudo por três, o que fazia tudo parecer mais caro. Eu me preocupava em estar sendo muito dependente e um incômodo para Matteo. Queria ficar mais independente, apesar de ele ser uma boa companhia. Matteo voltaria para a Itália antes do Natal, e já estávamos em novembro. Como eu ainda não havia feito nenhum outro amigo, teria que arrumar um jeito de me virar sozinho.

Matteo me disse que naquele dia não poderia ir ao centro fazer passeio turístico, pois tinha que estudar, mas no dia seguinte iria ao Victoria & Albert Museum e me chamou para ir junto. Eu também queria voltar para casa, mas, no meu caso, era para dormir. Ainda estava sofrendo de *jet lag*, mas aceitei o convite para o dia seguinte.

Passei a tarde inteira dormindo; acordei apenas para comer chocolate e batatas comprados na loja de 99 *pences*. Sandra nos chamou para servir novamente um jantar delicioso, com vários tipos de carne. Nossas conversas no jantar eram sempre bastante agradáveis. Sandra era muito atenciosa, demonstrando-se preocupada com nossa adaptação naquela terra fria e tão diferente da terra natal da maioria dos estudantes que ela recebia em sua casa.

Em uma noite, enquanto jantava com Sandra e Matteo e assistíamos ao *Britain's Got Talent*, começamos a falar de pessoas que fazem sucesso de repente por intermédio de programas como esse.

– É como aquela mulher que anda fazendo muito sucesso e é recorde de vendas aqui na Inglaterra. É uma senhora já velhinha... Como ela chama mesmo? – perguntou Sandra.

– Senhora? Não sei de nenhuma senhora que anda fazendo sucesso não. Ultimamente só tenho visto cantoras jovens – respondeu Matteo.

– Você tá falando da Susan Boyle? – arrisquei.

– É! Ela mesma! Foi incrível, porque ninguém dava nada por ela. Só porque ela não era muito bonita nem muito jovem, mas ela canta muito bem – comentou Sandra.

– Ah, sim! Agora sei quem é. Mas ela não é velha; ela é mais jovem que você! – respondeu Matteo, quase indignado.

Nesse momento, entramos em um silêncio constrangedor por alguns segundos. Fiquei muito embaraçado e tive vontade de me esconder debaixo da mesa. Matteo era sempre tão educado! Sabia que ele tinha dito aquilo no impulso e também estava embaraçado com a situação. Talvez por não saber tão bem o inglês, ele não soubesse escolher bem as palavras e medi-las.

Durante esses instantes, que pareceu muito tempo, achei que Sandra tivesse ficado brava. De repente, ela soltou uma gargalhada, muito alta, e continuou rindo até quase perder o fôlego.

Matteo, muito constrangido, passou a pedir desculpas inúmeras vezes:

— Me desculpa, você sabe que não era isso que eu queria dizer, não sabe?

Sandra ria tanto que não conseguia fôlego para responder que estava tudo bem, que não tinha ficado magoada.

Por fim, acabamos todos rindo, não só da situação, mas também da risada de Sandra, que estava até lacrimejando de tanto gargalhar. Quando conseguiu fôlego, ela falou:

— Ai, Matteo, você é uma figura. Tinha anos que eu não ria tanto!

> *Now I'm feeling dangerous*
> *Riding on city buses for a hobby is sad.*
> BELLE & SEBASTIAN

No meu segundo dia em Londres, fomos a pé para a aula. Eu queria economizar dinheiro e o ônibus era muito caro, mesmo usando o bilhete com recarga. Para aqueles que não possuíam o bilhete, o custo era de três libras. Para quem usa muito o transporte público, há a opção de comprar pacotes mensais para ônibus, trem e metrô, mas o preço não era acessível ao meu bolso.

Para ir a pé, tivemos que acordar mais cedo. O caminho era muito agradável, apesar do frio, e eu gostava de ver as casas vitorianas da vizinhança.

Era prazeroso passar pela Hilly Fields Crescent, o campo pelo qual as crianças seguiam para ir à escola. Era todo gramado, e com um leve relevo. Podia até imaginar as crianças brincando de escorregar quando nevava. As árvores seguiam formando uma fila simétrica paralela à calçada, e nesse início de inverno estavam todas sem folhas, mas ainda assim muito belas.

Quando descemos a escorregadia Brookbank Road, encontramos alguns estabelecimentos comerciais, mas ainda eram no formato das casas vitorianas. Mais à frente, seguimos um caminho diferente do ônibus, um atalho que passava embaixo da ponte do trilho do trem, onde não era possível passar carros. Dali dava para avistar os prédios do centro de Lewisham.

Seguimos a mesma rotina do dia anterior nas aulas do Athenaeus. No intervalo fiquei no meu canto da sala lendo um livro. Na ocasião, estava lendo *Mrs. Dalloway*, que me inspirava a conhecer as ruas do centro de Londres. Troquei meia dúzia de palavras com o pessoal da classe, mas ainda não tinha muito assunto com eles.

Alguns colegas sentaram ao meu lado e começaram a bater papo. Um deles era Berrak, um turco de cabelos negros lotados de gel. O outro era Jordy, um holandês loiro de quase dois metros de altura. Com eles estavam mais dois outros rapazes. Jordy comentou que ia sair com um amigo brasileiro e convidou Berrak para ir junto. Berrak disse:

— Não sei se quero ir, não tenho paciência com brasileiros.

Imaginei que ele não soubesse que eu era um deles. Ele não estava na aula no dia em que eu cheguei e me apresentei à turma. Já Jordy sabia e, muito constrangido, respondeu:

— Que besteira! Por que você não gosta?

— Por exemplo, *bananas*. Olha só o nome que eles colocam pras coisas. É muito brega!

Até cogitei entrar na conversa para poder me defender, mas depois desse argumento ridículo da banana achei que não compensava discutir.

Jordy, ainda muito sem jeito, respondeu:

— Imagina, cara. Nem todos são assim.

Continuei lendo meu livro e desisti da ideia de participar da conversa.

Por coincidência, ou até por certa ironia do destino, um dos tópicos debatidos durante a aula foi o preconceito étnico. Berrak foi um dos primeiros a se manifestar:

— Acho um absurdo a forma como os jornais generalizam os turcos e os curdos. Os curdos causam problema, e vejo nos jornais britânicos que o povo da Turquia é um bando de vândalos!

No final da aula fui comer no McDonald's. Matteo não gostava da comida de lá, então combinamos de nos encontrar na escola depois do almoço para irmos ao museu.

Quando cheguei ao McDonald's, conheci um novo conceito de multinacional. O restaurante *fast-food* não só existe no mundo todo como tive a impressão de que o mundo todo existia dentro dele. Naquela sede de Lewisham, havia gente de várias nacionalidades, tanto funcionários quanto clientes. Pessoas muito diferentes umas das outras, em vários sentidos.

Lá vi uma das cenas mais dicotômicas da minha vida: uma mulher de burca, somente com os olhos à mostra, comendo um lanche com fritas e Coca-Cola. Ela colocava a comida por baixo do lenço para mordê-la.

É claro que a religiosidade da mulher não a impede de consumir um produto ocidental, mas ainda assim é estranha uma figura tão tradicional consumindo um produto tão moderno. Por ter passado a maior parte da minha vida em cidades interioranas de poucos habitantes, aquela cena era algo novo para mim. De alguma forma, admirei aquela mulher, que manteve sua crença mesmo vivendo em uma cidade que provavelmente a influenciava a fazer o contrário. Não sei se eu teria a mesma fé.

Quando morei na Bélgica, minha família era amiga de uma família da Somália, refugiados de guerra. Notei como era difícil para eles manterem sua cultura islâmica. Na escola, as outras crianças puxavam o véu das meninas e faziam piadas com os nomes difíceis de pronunciar. Seria mais fácil renegar sua cultura, mas ninguém daquela família parecia querer abrir mão disso.

Tal como me parecia o caso daquela mulher, que, era bem provável, em Londres possuía mais liberdade para jogar fora sua burca e vestir uma roupa mais comum àquele ambiente, mas persistia em manter sua cultura incomum no Ocidente. Mesmo correndo o risco de ser desrespeitada por isso. Era por esse motivo que admirava sua coragem.

Comi sentado na bancada do segundo andar, que estava lotado. Enquanto me alimentava, olhei pela enorme janela que ocupava praticamente toda a parede à minha frente. Dali era possível ver uma igreja e uma torre com relógio.

Apesar do centro de Lewisham ser um lugar moderno, visto de cima são notáveis algumas reminiscências de uma arquitetura mais antiga. A parte superior da maioria dos prédios é repleta de detalhes arquitetônicos. São prédios cinza, pálidos, notavelmente antigos, mas conservados. Terminei meu lanche divagando sobre histórias vividas nesses prédios.

Voltei ao Athenaeus e reencontrei Matteo. Ele me explicou que a forma mais fácil de chegar ao Victoria & Albert Museum era pegando um ônibus até Victoria Station e, em seguida, outro em direção à White City, que parava praticamente em frente ao local.

Fiquei satisfeito ao ver que o ônibus que pegaríamos era de dois andares. Estava ansioso para andar em um daqueles.

– Você costuma andar muito nesses ônibus de dois andares? – perguntei.

– Sempre que vou ao centro – ele respondeu.

Achei tão descolada a naturalidade com que ele respondeu.

A ideia de construir um ônibus de dois andares, com mais assentos, é genial. Uma forma simples de aprimorar o transporte público, algo com que a Inglaterra já se preocupava há algum tempo.

A visão panorâmica era ótima, praticamente um passeio turístico. Senti como se não precisasse de mais nada; como se aquela vista do caminho, por si só, já fosse um ótimo passeio turístico.

6

> *Lay me down*
> *Let the only sound*
> *Be the overflow*
> *Pockets full of stones.*
> Florence + The Machine

Victoria Station é um lugar lotado de ônibus: os pequenos, os de dois andares e aqueles compridos que parecem dois emendados. Ali é um ponto de encontro de várias linhas, então, se você está perdido em Londres, a forma mais fácil de chegar ao destino é pegando um ônibus para lá. A estação é uma construção cinza antiga, com uma arquitetura detalhada. Não entramos nela, mas de fora deu para ver que havia várias lojas e um espaço amplo na entrada. Ao redor da estação, viam-se alguns teatros com anúncios gigantescos dos musicais *Wicked* e *Os miseráveis*.

Atravessamos a movimentada praça em frente à estação, onde viam-se algumas bancas de venda de comida e de lembranças da cidade. Atravessamos a rua e passamos diante de uma quitanda que vendia o típico *fish & chips* inglês (peixe e babatas), e logo ao lado um restaurante fino para turistas dispostos a gastar mais. Já estava preocupado com o que comer mais tarde; não tinha dinheiro para gastar muito em um restaurante, e naquela região turística não parecia ter comida que não fosse muito cara.

Viramos em uma rua perpendicular à da estação e paramos em um ponto de ônibus lotado logo no início da rua. A maioria das pessoas ali era turista; dava para ouvir grupos falando francês, alemão e japonês. Quando o ônibus chegou, já havia acumulado uma boa quantidade de pessoas que o pegaria. O ônibus já estava bem cheio, e tivemos que ficar um tempo em pé, nos segurando para não cair em cima dos outros turistas. Matteo não sabia direito onde parar, então acabamos descendo longe do ponto certo. Não foi de todo ruim, pois andamos por vizinhanças próximas a White City, onde as casas eram um pouco diferente das de Brockley. Eram todas brancas, também em estilo vitoriano, mas tinham um pequeno jardim em frente às janelas com cercas de ferro pretas.

  Saímos do bairro domiciliar e nos deparamos com uma larga avenida, aquela que eu havia visto de dentro do táxi quando cheguei a Londres, a Cromwell Road. Dali dava para ver uma construção grande e bem iluminada que Matteo me disse ser o Natural History Museum.

  Na parte da frente do seu jardim, fizeram uma pista de gelo, naquele momento repleta de pessoas, principalmente crianças, esquiando. Acoplada ao museu havia uma construção mais moderna, branca e com vidros. Matteo me contou que se tratava do Science Museum e me recomendou que visitasse aquele lugar enquanto estivesse na cidade.

  Desviamos a nossa rota; acho que fomos um pouco para o lado contrário e acabamos nos perdendo. Graças ao mapa e ao guia turístico que Matteo sempre carregava, localizamos a igreja que fica ao lado do Victoria & Albert Museum. Matteo perguntou se não havia problema em visitar a igreja, pois ele era católico e estava se sentindo em débito com suas obrigações religiosas.

  Antes de entrar, vi que o nome da igreja era Brompton Oratory. Havia pouca movimentação à entrada, e o silêncio que se fazia dentro dela era assustador. Era como se pudéssemos ouvir o som do silêncio. E este parecia emanar um som de um coro gregoriano distante. A igreja era escura e ampla, o que lhe dava um aspecto macabro. Senti como se as inúmeras preces feitas ali permanecessem na atmosfera, desejos que ali divagavam aguardando serem atendidos.

Matteo tomou um lugar ao fundo e se ajoelhou para rezar, enquanto eu fui andando em direção à nave da igreja para ver os detalhes.

Aquela igreja era muito diferente das barrocas e famosas em minha cidade. Não havia tantos detalhes, tampouco tantos ornamentos de ouro. Ali, o barroco seguia o estilo europeu e havia uma presença renascentista. Poucas imagens, pouca luz. Simples, porém grandioso. Nas laterais existiam várias velas que as pessoas acendiam para fazer seus desejos. Muitas delas derretidas, poucas acesas. Aquela era provavelmente a igreja mais bela e com certeza a mais sinistra que já conheci.

Em seguida, fomos ao Albert & Victoria Museum, e só deixamos o local quando ele estava fechando. Quando saímos, o tempo havia esfriado ainda mais e estava escuro. Provavelmente já havia escurecido há algum tempo, já que no inverno o sol se punha por volta das dezesseis horas.

Era a hora do *rush*, o ponto de ônibus estava cheio e a avenida, congestionada de carros e pessoas circulando. Já não parecia mais o mesmo lugar de quando tínhamos chegado.

Enquanto esperávamos, vi uma limusine branca. Acho que nunca tinha visto uma daquelas antes. Ela estava limpa e polida, os vidros eram escuros e não dava para ver quem estava dentro. O carro era tão extenso que parecia ter saído de um filme.

Naquele momento me lembrei de *Mrs. Dalloway*. Eu, assim como Clarice Dalloway, em Londres, sozinho e entediado. A diferença é que ela era rica e dava festas, ao contrário de mim.

Aquele vislumbre da limusine me lembrou do momento em que Clarice vê um carro parecido e Virginia Woolf descreve como aquele veículo afetou a rotina de todos que estavam ao redor. Por um instante, todos pararam seu dia para ponderar quem poderia estar naquele carro. Seria a rainha? Ou seria alguém menos importante, alguém que só alugara o carro para ir a um velório? De qualquer forma, muitos contariam que viram a rainha em uma limusine. O mesmo aconteceu naquele momento. Praticamente todos os que aguardavam no ponto viraram o rosto para ver a limusine brega passar e com certeza o que pensavam era: *Quem está aí dentro?* Pensei o mesmo. Será que é a rainha? Ou será que é a Lady Gaga se dirigindo para uma passagem de som? Vi que ela tocaria na cidade naquele mês. Poderia também ser uma *supermodel* como Kate Moss, esbanjando *glamour* pelo centro da cidade. Assim como na história de Woolf, essa ponderação só durou alguns segundos; em seguida, todos voltaram para sua rotina e compromissos inadiáveis, que dão àquela cidade seu ritmo frenético.

7

I am a citizen of the planet
My president is Kwan Yin
My frontier is on an airplane
My prisons: homes for rehabilitating.
ALANIS MORISSETTE

    Não criei nenhuma expectativa para meu primeiro fim de semana em Londres; só queria dormir bastante para regular meu sono. Durante o restante daquela semana, dormi todas as tardes, e ainda assim me sobrava sono para a noite. Mesmo dormindo muito, não parecia ser o suficiente, pois acordava para ir à aula como se tivesse passado boa parte da noite em claro.

    Na sexta-feira, Matteo me contou que ia à noite a um pub em Lewisham com alguns amigos, e me convidou para ir junto. Eu não estava com ânimo para noitadas, mas a vontade de tomar uma cerveja era maior do que a preguiça e acabei aceitando o convite. Segundo Matteo, muitos dos alunos do Athenaeus se reuniam em algum dia do fim de semana à noite nesse pub.

    Saímos cedo, por volta das dezenove horas. Para mim, era realmente muito cedo sair a essa hora para um bar ou algo parecido.

Esperamos o ônibus que levava a Lewisham no mesmo ponto de sempre e, enquanto aguardávamos, Matteo tentou me explicar o esquema de como voltar para casa de ônibus noturno, caso eu quisesse retornar depois da meia-noite. Ainda estava muito dependente de Matteo para andar pela cidade, por isso combinamos que voltaríamos juntos. Teria que torcer para que ele não se arranjasse com alguém e dormisse em outro lugar, senão eu teria problemas para voltar. Mas, pensando bem, Matteo me parecia um cara centrado e tímido. Não acho que ele arrumaria uma paquera no pub.

Chegamos à praça de Lewisham, que parecia outro lugar sem as barracas que ocupavam o espaço durante o dia.

O pub se chamava Market Tavern e ficava em uma rua paralela à praça do relógio. Por fora, o local era vermelho com letras grandes anunciando o nome do pub em dourado, contudo, sem ser chamativo. As janelas e a porta de vidro eram escuras, então não dava para ver muito bem como era lá dentro e, assim como a maioria dos estabelecimentos no inverno londrino, permanecia com a porta fechada. Do lado de fora, alguns fumantes tremiam enquanto levavam os cigarros à boca.

Entramos e nos deparamos com um segurança que segurou a porta para nós. Imaginei se teríamos que pagar alguma coisa para entrar no lugar ou se teria que apresentar documento ou algo parecido. Como Matteo entrou e não parou para falar com o segurança, fiz o mesmo e o segui.

O primeiro andar do pub tinha tons de vermelho no carpete e nas paredes. No lado direito, um amplo balcão para servir as bebidas, e no esquerdo havia alguns jogos estilo fliperama e uma escada que levava ao andar de cima. Na parte dos fundos estavam instaladas algumas mesas, enquanto no meio o espaço era vazio para algumas pessoas ficarem em pé. Muitos bebiam cerveja em copos grandes, outros tomavam bebidas de fruta com vodca em garrafas pequenas.

Subimos para o segundo andar, que tinha o mesmo estilo do primeiro, além de pé-direito duplo. Havia poucas mesas distribuídas aleatoriamente. Em um canto, um sofá com uma mesa de centro e logo atrás um pequeno espaço com mesa para o DJ, que não estava lá. Ali havia também um mezanino, da qual era possível ver o centro do primeiro andar. Na parede à frente do mezanino estava sendo projetado um canal de clipes musicais.

O local era uma mistura do estilo tradicional de pubs ingleses com alguns recursos descolados de *clubs*, aonde as pessoas vão para dançar. O lugar de fato era um pub, pois a entrada era gratuita – acabei descobrindo que esse era o diferencial de pubs para os *clubs*, cuja entrada é cobrada.

Os amigos de Matteo estavam sentados a uma mesa em cima da qual tinham formado uma pilha de casacos. Foi quando me dei conta do quanto era quente aquele lugar, pois, além de o aquecedor estar ligado, não havia nenhuma janela. Deixamos nossos casacos e cachecóis na pilha e nos sentamos com os amigos de Matteo. Cada um deles tinha uma nacionalidade diferente.

Uma das amigas, que também era italiana, começou um papo no idioma deles sobre um assunto que me pareceu particular. Matteo se deu conta de que eu estava sendo excluído da conversa e me disse:

– Desculpe, sei que é muito inconveniente ficar falando em italiano no meio de gente que não fala a língua. Não costumo fazer isso, mas é que empolgamos no assunto.

Respondi que não tinha problema, que podiam conversar à vontade.

Desci e pedi um daqueles copões de cerveja, e acabei bebendo vários. Estava me divertindo, mas estava também reflexivo e quieto. Fiquei pensando em como aquele pub era bacana, e que eu adoraria estar lá com meus amigos brasileiros.

Cada música que tocava me lembrava algum deles. Quando ouvi Coldplay, me lembrei do Nando. Tocou U2, e me lembrei da Izabela. The Ting Tings me lembrou a Paolla.

Fiquei nostálgico e um pouco bêbado. Enquanto isso, o pub foi enchendo de pessoas. Encontrei alguns colegas de turma e até conversei um pouco com eles.

Matteo estava sempre preocupado com a possibilidade de eu estar entediado, e aparecia de vez em quando para me ver. Pelo que percebi, o Market Tavern era o ponto de encontro dos alunos do Athenaeus e reunia pessoas de diversas nacionalidades. O ambiente era bom. Apesar da minha limitação em me sociabilizar, todos pareciam bem-dispostos a conversar e conhecer outras pessoas.

Encontrei a Laura, minha nova amiga brasileira, e ela me apresentou a Priscila, uma paulista descendente de japoneses que parecia mais japonesa que brasileira. Você nunca tem certeza realmente de se alguém é brasileiro. A miscigenação fez com que a fisionomia dos brasileiros se tornasse uma das mais diversas do mundo.

Não consigo imaginar o que seria do país sem que houvesse a presença de tantas culturas desde a colonização. Acabou se criando uma mistura entre índios, portugueses, africanos, holandeses, ingleses e sabe-se lá o que mais.

Recentemente, na Noruega, um atirador lunático que matou 76 pessoas se posicionou contra as culturas estrangeiras em seu país e citou o Brasil em uma carta, dizendo que a miscigenação seria a causa da corrupção, da desigualdade social e da criminalidade no país. Segundo o assassino: "[...] um país que tem culturas competitivas vai se dilacerar ou vai acabar como um país disfuncional, como o Brasil e outros países".

Eu não poderia discordar mais.

Fomos embora do pub quando ele já estava esvaziando; a festa tinha começado cedo e acabava cedo também. Por volta de meia-noite e meia, eu e Matteo já estávamos pegando o ônibus de volta para casa; deu ainda para pegar o ônibus convencional.

Eu estava levemente bêbado, e Matteo completamente sóbrio; ele não bebia. Estava contente por não ter passado aquela noite como as demais, à toa deitado na minha cama. Melhor ainda foi ter descoberto aquele pub. Não sabia ainda se queria voltar lá nos encontros dos alunos do Athenaeus, porque ainda me sentia meio por fora, mas era um bom lugar.

Quando caminhávamos até o ponto de ônibus, vi um lugar melhor ainda: chamava-se Dylan's, e parecia um pub velho, com uma placa sobre a porta onde havia uma imagem de Bob Dylan. Fiquei encantado. As pessoas que entravam e saíam eram mais velhas. Imaginei que seria bacana ir a um pub desses mais antiquados, com um público mais velho, para bater um papo e escutar música boa. Prometi a mim mesmo que visitaria aquele lugar antes de ir embora.

8

Afternoon sunset, colored sky
In the rush of the routine, some will live some will die.
                                                        CÂMERA

No dia seguinte fiz uma visita a Oxford. Era domingo, e eu havia combinado tudo no dia anterior com um organizador daqueles grupos de viagem cujo anúncio tinha visto na escola. Havia uma promoção, e o preço era 25 libras. Matteo já conhecia a cidade, então fui sozinho.

Marquei de encontrar com o grupo no relógio da praça de Lewisham, por volta das 7h30 da manhã. Cheguei um pouco mais cedo do que o previsto, e a praça estava vazia.

Aguardei por um tempo, imaginando se eu estava no lugar errado, quando um homem por volta dos 35 anos, alto, um pouco calvo e usando um sobretudo preto veio falar comigo. Ele se apresentou. Chamava-se William.

Era ele quem levaria o grupo para o passeio, e eu sabia disso. Na verdade, não estava nada tenso ou preocupado; acho que é minha cara mesmo que leva as pessoas a acharem que estou assustado.

Depois de um curto papo, durante o qual falamos um pouco de mim, enquanto ele achava que me acalmava do susto que na verdade não tinha levado, fomos andando para a estação de Lewisham.

Ainda não havia andado de trem ou metrô, e não usava o cartão de passe para o trem, por isso ele comprou um cartão que era válido para o dia inteiro e poderia ser usado em determinada região de Londres.

– Não perca de jeito nenhum esse cartão! Você vai usá-lo para voltar – ele me alertou.

Fomos primeiro para a estação de London Bridge, onde encontraríamos o restante do grupo. Era um grupo de cinco espanhóis adultos, quatro homens e uma mulher. Em nossa caminhada pela estação, William andava muito rápido, e eu tentava acompanhar. Estávamos um pouco atrasados, assim como a maioria das pessoas que andavam pela estação pareciam estar. Na escada rolante me posicionei ao lado dele e ele me disse:

– Aqui temos que ficar posicionados à direita para deixar a esquerda livre para quem vai subir rápido.

Eu sabia disso, mas havia esquecido que as regras naquela cidade eram seguidas à risca. Tive sorte de ele ter me avisado, antes que eu levasse uma bronca de algum apressado rabugento.

Quando chegamos à estação de London Bridge, o clima estava bem diferente. As pessoas estavam mais tensas e apressadas, e o lugar, com muito mais transeuntes que Lewisham. Encontramos o grupo de espanhóis e, sem sair da estação, pegamos outro trem para Victoria Station, onde pegaríamos outro trem que nos levaria a Oxford.

As estações pelas quais passamos, ainda em Londres, estavam todas bem apinhadas de pessoas apressadas. Em alguns momentos, passávamos por alguns músicos que tocavam instrumentos diversos, como saxofone e violão. Para esses artistas havia um espaço determinado nos corredores das estações; acho que seriam repreendidos se atrapalhassem o caminho de uma daquelas pessoas.

Se tivesse levado meu violão para lá, adoraria tocar no metrô. Por diversão mesmo. Mas, se conseguisse alguns trocados, seria melhor ainda. Acho que tocaria um pouco de música brasileira, tropicália e bossa nova, ritmos bastante apreciados pelos europeus. Tocaria um pouco da música deles também. Belle & Sebastian e PJ Harvey, quem sabe.

Pegamos o trem em Victoria Station. Ele era espaçoso e os vagões estavam vazios. O grupo todo se acomodou mais ou menos próximo e começamos a viagem. O trem não era subterrâneo, então foi possível ver a paisagem do centro londrino se transformando em periferia, muito parecida com a que vi assim que deixei o aeroporto.

Quando atravessamos a região central de Londres, reparei como a cidade tem poucos prédios altos. Dava para contar aqueles que se destacavam dos demais pela altura. Londres, apesar de ser uma metrópole, ainda parecia um pouco rústica.

Cochilei no caminho e, quando acordei, já tínhamos chegado. Não faço ideia do quanto demorou, mas quando saímos da estação havia um pouco mais de sol. Logo de início deu para perceber que Oxford era uma cidade muito mais pacata que Londres. Apesar de ter um fluxo de pessoas indo para o trabalho, ele não era tão intenso quanto na capital.

Caminhamos um pouco até a região central da cidade. Paramos em uma praça onde havia o *Martyr's Memorial*, monumento alto em estilo gótico vitoriano que William nos contou ser uma obra de arte pró-protestantismo e anticatólico.

Viramos à esquerda e passamos por outra rua, ampla e cimentada, com muitas lojas de suvenires. William contou de alguns eventos históricos que aconteceram ali, a maioria sobre revoltas populares que envolveram estudantes e a Igreja católica. Não consegui me concentrar muito no que ele dizia; o dia estava ficando ensolarado e havia algum tempo que eu não via o sol, o que tomou toda a minha atenção. A incidência da luz solar matutina sobre os prédios dava a eles um charme a mais. As cores, mesmo que pálidas, se tornaram mais vivas.

 Demos algumas voltas pela cidade, vimos campos gramados muito bonitos e em seguida fomos à famosa Universidade de Oxford.

 Antes de entrarmos, fizemos uma parada para o almoço. William recomendou alguns restaurantes, e combinamos de nos reencontrar dali a uma hora para conhecermos os prédios da universidade. O grupo de espanhóis foi junto comer e eu fui para a direção oposta.

 Estava sofrendo de uma síndrome que futuramente descobri ser muito comum entre os estudantes de intercâmbio, à qual apelidamos mais tarde de "avareza da conversão". Essa síndrome consiste em converter o preço de tudo que consumíamos para nossa moeda e, como o resultado era exorbitante, acabávamos passando o dia comendo bem pouco.

 Um colega argentino contou que multiplicava todos os preços por cinco, para comparar à sua moeda, o peso. Por isso, tudo parecia muito mais caro, e ele contou que chegou a sentir fome por dois dias porque não queria gastar tanto com comida. É claro, depois acabou cedendo e descobrindo outras formas de racionar o dinheiro que não envolvesse alimentação.

 Por causa disso, em vez de almoçar, resolvi comprar um sanduíche natural em uma padaria, daqueles simples e industrializados, que acabou sendo caro do mesmo jeito. Depois disso, acabei descobrindo que comer um bom prato de comida seria quase tão caro quanto esses produtos feitos para turistas desprevenidos.

 Naquele dia comprei o sanduíche e me sentei em um banco rústico que ficava em uma ponte, logo após a entrada da Oxford University. Fiquei ali vendo aquela paisagem quase medieval, quando fui surpreendido por uma mulher que usava um lenço muçulmano cobrindo-lhe os cabelos. Ela pedia dinheiro para sua família; contou que era refugiada da guerra em seu país.

Eu não tinha muito dinheiro para ajudar aquela pobre mulher, mas fiquei intrigado com a situação dela.

Ela acabou me contando um pouco de sua história. Vivia há dois anos na Inglaterra; tinha vivido em Londres, onde sua situação era pior, e acabara mudando para Oxford, lugar em que a vida parecia mais simples. Como vivia ilegalmente no país, ela não podia conseguir o documento de seguro, que na maioria das vezes era exigido dos estrangeiros que quisessem trabalhar. Contou também que os trabalhos não legalizados eram exploratórios. Já tinha acontecido de não ser paga no fim do mês e, em sua condição de ilegal, não podia reclamar por seus direitos. Cuidava dos dois filhos com a ajuda da irmã, e pedir algum dinheiro ali naquela cidade era bastante difícil em razão da fiscalização, o que poderia fazer com que fosse deportada. O semblante daquela mulher era de constante tensão. Quando um guarda passou por nós, era como se ela prendesse a respiração.

Minha situação não estava tão boa, mas não pude deixar de dar alguma ajuda em dinheiro àquela mulher. Podia ser que ela estivesse mentindo; ela não entrou em muitos detalhes nem disse de que país era. Seu inglês não era tão bom, o que limitou bastante nossa conversa. Já que ela tinha gasto tanto tempo e esforço para contar sua história em inglês, não pude deixá-la ir embora de mãos vazias.

Depois que o grupo se reuniu, William nos levou para dentro de um dos prédios da Universidade de Oxford. Assim como muitos prédios da região central da cidade, aquele em que entramos era feito de pedras bege-acinzentadas, claras e muito bem conservadas. O baixo muro que cercava o prédio era escuro e áspero, com bastante musgo. Avançamos por uma passagem bem estreita, com uma pequena porta de madeira.

William entregou nossas entradas, que estavam inclusas no pacote da excursão.

Quando chegamos ao corredor do prédio, logo me dei conta de que aquele lugar era muito familiar. Em seguida me lembrei de que ali tinham sido gravadas algumas cenas dos filmes de Harry Potter. Como cresci lendo os livros de J. K. Rowling, assisti a todos os filmes da saga e achei ótima a sensação de estar naquele local.

No mesmo prédio, havia o salão que inspirou a cenografia do Salão Principal de Hogwarts. Essa sala estava fechada para visitas; só era possível vê-la da porta que permanecia aberta. As paredes eram cobertas de madeira até a metade, e na parede do fundo havia três quadros na parte superior, com pinturas do que pareciam ser antigos reis e rainhas da Inglaterra. No canto esquerdo, um pinheiro com decorações natalinas me fez lembrar que o Natal estava chegando.

Depois que saímos desse prédio, fomos ver outras dependências da universidade. Do lado de fora, todas as construções pareciam ser cercadas por grama bem cuidada, a cor viva do gramado dando mais vida àquele dia com poucas nuvens. Logo em seguida, encontramos um prédio chamado Poo College, o qual levava esse nome devido ao mau cheiro que tinha há muitos anos por causa de suas instalações sanitárias. Desde que William fez esse comentário, comecei a imaginar alunos da universidade em séculos passados criando piadinhas sobre o lugar. O prédio era cilíndrico, marrom-alaranjado, e parecia ser menor do lado de fora do que de fato era. Não o visitamos por dentro; acho que ele estava sendo usado para aulas, ou coisa parecida.

Tirei fotos de mim mesmo nesses lugares, já que não tinha ninguém para tirar fotos comigo. As fotos ficaram uma droga.

O que mais me interessou foram os dormitórios. Não

chegamos a visitá-los por dentro, pois estavam sendo ocupados por alunos. Eles ficavam na parte de trás e foi o último prédio que vimos.

    Em frente a ele havia um extenso gramado, com algumas partes de chão de pedra para que não fosse preciso pisar na grama. Na lateral havia um pequeno bosque.

    Fiquei imaginando como os estudantes se divertiam no verão naquele lugar: deitavam na grama e matavam aula no bosque. Era interessante também imaginar que Oscar Wilde, quando estudante de Oxford, esteve ali e provavelmente já havia escrito alguma coisa vendo aquela paisagem bucólica.

> *London hates you.*
> THE KILLS

O sol que estava fazendo no domingo em Oxford foi uma exceção entre os outros dias nublados que vieram em seguida. Foi quando percebi que todo mundo precisa de sol para alimentar o seu humor, principalmente eu. Notei como muitas pessoas nos ônibus e nas ruas estavam sempre com a cara fechada, mal-humorada, e atendiam mal no comércio da cidade naquela época do ano.

Aquele clima estava me deixando depressivo. Finalmente entendi o sentido de *Here Comes the Sun*. Se eu visse o sol aparecendo naqueles dias, eu também comporia uma música sobre isso. George Harrisson comentou sobre quando escreveu a música: *It seems as if winter in England goes on forever, by the time spring comes you really deserve it* ("É como se o inverno na Inglaterra durasse para sempre, quando a primavera chega você realmente a merece"). É verdade, aquele inverno parecia eterno e, para piorar, os noticiários diziam que aquele era o inverno mais rigoroso dos últimos mil anos.

Foram na segunda e na terceira semanas de estadia em Londres que mais me enclausurei; fiz um ou dois passeios pelo centro com Matteo, mas, quando ele saía para visitar os amigos, eu preferia ficar em casa dormindo. Um dos passeios que fizemos foi pelo Hyde Park. Mesmo com as árvores nuas de folhas, ele ainda era muito bonito. No lago dava para ver alguns patos e pelicanos, mas eles estavam distantes. Acho que as extremidades do lago deviam estar congelando, por isso eles não chegavam muito perto das margens. Lembrei da dúvida não resolvida de Holden Caulfield em *The Catcher in the Rye* e perguntei a Matteo:

– Para onde será que esses patos vão quando o lago congela?

Ele respondeu:

– Não tenho certeza, mas acho que os responsáveis pelo parque os levam para algum outro lugar fechado, onde possam cuidar deles.

Matteo era muito otimista; sempre achava que tinha alguém bondoso, encarregado de cuidar dos outros e resolver os problemas. Já eu achava mais fácil acreditar que os patos levavam o lago congelado voando preso às suas patas.

Seguimos a trilha do parque e tiramos fotos com uma estátua de leão no caminho. Algumas crianças brincavam por ali, e não pareciam se intimidar com o frio.

Pela trilha do parque havia bancos de madeira, cenário que me lembrava *Mrs. Dalloway*. Fiquei imaginando o personagem Septimus, o esquizofrênico, sentado em um dos bancos, enquanto sua esposa tentava controlar seu frenesi.

Ainda dentro do Hyde Park, entramos no Kensington Gardens, onde nos deparamos com o imponente monumento *Albert Memorial*. Matteo tinha um guia turístico em italiano e me contou que aquele monumento fora feito pela rainha Vitória, em homenagem ao seu falecido marido, o príncipe Albert. O monumento era em estilo gótico e possuía um arco com detalhes de ouro e, no centro, uma estátua do príncipe. Nas bordas, havia quatro estátuas, cada uma montada em um animal diferente e simbolizando um dos continentes.

Do outro lado da rua, avistamos o Royal Albert Hall, um salão de eventos que conheci por ter sediado grandes concertos de muitos de meus artistas favoritos. A construção tem um formato arredondado inconfundível, com detalhes dourados em sua parte superior.

Conhecer esses lugares era sempre bastante animador; fazia-me sentir como se houvesse um mar de possibilidades naquela cidade, inúmeros lugares para se ver, embora provavelmente não houvesse tempo suficiente para visitar todos.

Em outra ocasião, fomos a Picadilly e Oxford Street. Ali era o centro do comércio turístico, com muitas lojas de suvenir, a maioria com objetos todos iguais. Chaveiros de ônibus vermelho e cabine telefônica, camisetas com a bandeira de Londres... Era difícil encontrar alguma lembrança que eu não tivesse visto na loja ao lado. O pior é que eram caros, e imaginei se sobraria dinheiro para levar presentes.

Foi nesse momento que comecei a sentir vontade de conhecer a verdadeira Inglaterra, a que os moradores realmente vivenciam, e não aquela feita para turistas. Quis conhecer cidades pequenas, onde as pessoas são mais calmas e podemos observar seus hábitos. Resolvi que até mesmo as lembranças que levaria para o Brasil seriam objetos únicos, e não enfeites fabricados na China.

Apesar de ter me irritado um pouco com o comércio turístico central, Picadilly estava muito bonita com a decoração de Natal. Fora feita uma rede de luzes que cobria o céu da rua quase inteiro, fazendo com que parecesse uma fase do jogo Mario Kart.

Aquele dia era o mais frio desde que eu havia chegado, e cada dia que passava a temperatura diminuía. As ruas estavam lotadas por conta da proximidade com o Natal, quando todos começavam a fazer compras de presentes. Estava difícil até mesmo andar em meio a tanta gente caminhando às pressas.

Quando chegamos a Picadilly, eram por volta de dezenove horas, e a impressão que tive era de que a cidade inteira havia saído do trabalho e ido fazer compras no centro.

Apesar do aglomerado de pessoas, o frio não parecia diminuir com o calor humano, e quando Matteo pediu que entrássemos em uma loja de roupas fiquei até satisfeito. O aquecedor da loja era tão intenso que de imediato tive que tirar minha touca e minhas luvas. Matteo passou um bom tempo escolhendo roupas daquela marca; ele tinha resolvido antes não gastar com roupas, mas acabou não resistindo. As peças eram bonitas e estilosas, mas não estavam no meu orçamento.

Voltamos à rua, onde vimos alguns funcionários de lojas vestidos de duendes e outras fantasias, chamando a atenção para que as pessoas entrassem nas lojas enquanto elas os ignoravam – um emprego que não parecia dos mais agradáveis.

Quando chegamos ao Picadilly Circus, onde há um belo monumento de anjo, tive a sensação de *déjà vu*. Já tinha visto aquele lugar em diversos filmes e principalmente em clipes musicais, e reconheci bem a placa da Sanyo na lateral. Acho que quando se fala em globalização na Inglaterra é a cena que me vem à mente. Talvez pelo fato de ser um ponto turístico histórico misturado com lojas multinacionais e anúncios gigantescos iluminados.

Além das grandes lojas da região, o centro era cheio de turistas de variadas nacionalidades, muitos deles furiosos para comprar e encontrar alguma coisa que impressionasse os amigos e que, ao mesmo tempo, dissesse: "Estive em Londres, e você não!"

Vi também algumas manifestações culturais. Pela primeira vez vi um músico de rua tocando bateria. Ele estava em um beco perpendicular a Picadilly. Estava no fundo do beco escuro, tocando freneticamente, sem camisa naquele clima congelante, sendo aquecido pelos seus movimentos.

A volta para casa mais tarde naquele dia me pareceu muito longa. Acho que o frio havia congelado o tempo também.

As primeiras semanas em Londres foram as que mais pareceram durar. Hoje, quando me recordo delas, parecem ter sido muito mais longas que as demais que passei na cidade. De início, não me senti muito à vontade; parecia um pouco como um intruso no país. Achava-me na obrigação de me sentir realizado pela oportunidade de viajar, mas a sensação de deslocamento era mais forte.

10

Monday morning wake up knowing that you've gotta go to school
Tell your mum what to expect, she says it's right out of the blue
Do you wanna work in C&A, 'cause that's what they expect
Move to Lingerie and take a feel off Joe the Storeman.
BELLE & SEBASTIAN

Naoko, personagem do livro *Norwegian Wood*, de Haruki Murakami, diz em um momento da história que é horrível a sensação de se fazer vinte anos. Segundo ela, devíamos transitar dos dezoito aos dezenove e depois voltar aos dezoito. Duas décadas de vida carrega consigo muita responsabilidade. Acho que é a fase em que a exigência da independência adulta pesa em nossas costas, o prazo final para decidir o que fazer da vida.

Foi por isso que quando estava em Londres senti a pressão de ter que arrumar um emprego. Estava com vinte anos e queria reduzir ao máximo possível os gastos que meus pais tinham comigo durante a viagem. Além disso, caso sobrasse dinheiro, eles poderiam me visitar dali a alguns meses.

Sabia que para conseguir um emprego teria que fazer um seguro, que, segundo me disseram, demoraria cerca de um mês para ficar pronto. Era um processo um pouco complicado, pois tinha que agendar por telefone, pagar uma taxa e fazer uma entrevista para depois receber o seguro em minha casa.

Eu estava muito desinformado sobre o procedimento, e um colega de classe me recomendou que eu fosse à secretaria do Athenaeus pegar o telefone para fazer o chamado *insurance number*. Além disso, me contaram que alguns estrangeiros deviam fazer um cadastro na delegacia para que soubessem alguns de nossos dados, como endereço e prazo do visto. Meu visto era de estudo e trabalho, e, assim como meus colegas de classe, era obrigado a estudar no período da manhã por pelo menos quatro meses. Por isso, só poderia trabalhar meio turno no período da tarde. Alguns colegas tinham um programa diferente; eles estudavam por quatro meses e depois se mudavam para cidades menores em qualquer parte do Reino Unido, para apenas trabalhar, mas, de qualquer forma, teriam que estudar por no mínimo quatro meses.

Quando fui à secretaria do Athenaeus para me informar sobre o seguro, fui atendido por uma jovem que parecia ser mestiça de inglês e japonês.

– Em que posso ajudar? – ela perguntou.

– Estou procurando um emprego e gostaria de saber o que tenho que fazer. Fiquei sabendo que é preciso fazer um seguro e queria saber como se faz.

Ela fez uma cara de indagação e perguntou:

– Quer que a escola o ajude a arrumar um emprego?

– Se for possível – respondi com um pouco de esperança.

– Não, não é possível; a escola não faz mais esse serviço – ela me respondeu.

Mas que idiotice! Por que ofereciam o serviço se não o faziam mais? Fiquei irritado, pois o que eu queria saber era muito simples, uma orientação que deveriam dar ao aluno no primeiro dia de aula ali. Meu inglês não era tão ruim a ponto de ela não entender o que eu pedia. Já estava cansando do Athenaeus, mesmo estando no primeiro mês. Alguns funcionários eram bem estúpidos e davam respostas ríspidas aos alunos pelo corredor. Pior ainda era a secretária com cabelo de samambaia que todos os dias gritava com os estudantes para que fizessem silêncio no horário da saída.

A impressão que eu tinha era que o Athenaeus não nos via como clientes e não se importava em nos oferecer um serviço de qualidade. Sabiam que éramos obrigados a estudar e a comparecer às aulas para conseguir e manter nosso visto nos país, então pouco importava se gostássemos dali ou não.

Certa vez vi uma das gerentes sendo ríspida com um estudante que claramente não falava bem inglês. Ela berrava:
– Está me entendendo?
Ele é estrangeiro, não é surdo, pensei.

Esse desrespeito ao aluno me incomodava e, por esse motivo, ficava sempre na defensiva, aguardando pelo momento de dar uma resposta no mesmo nível dos mal-educados. Achei que era a melhor forma de impor respeito; quando as pessoas notam que você se impõe, elas pensam duas vezes antes de desrespeitar você. Depois de conversar com a funcionária e ela não me esclarecer nenhuma dúvida sobre como arrumar um emprego, ao menos consegui o número do telefone para requisitar o seguro.

Mais tarde, quando cheguei em casa, fiz a ligação. A atendente me explicou tudo de maneira muito confusa e rude; parecia algo complexo e caro, por isso resolvi arranjar um emprego de outra maneira, prestando serviços informais. Além do que, arrumando um emprego formal, não estaria livre para viajar a outros lugares, como pretendia.

A primeira oportunidade surgiu quando uma funcionária do Athenaeus passou em nossa sala pedindo ao professor que indicasse dois alunos interessados para trabalhar na organização e nos serviços da festa de inauguração do novo salão de entrada do Athenaeus, que ocupava o primeiro andar inteiro. Jeffrey disse que todos ali sabiam bem inglês para esse serviço e perguntou à turma quem se interessava. A maioria já tinha emprego ou não estava interessada; apenas eu e um colega romeno chamado Andrew nos voluntariamos.

Procuramos a gerente do Athenaeus, chamada Helen, no horário do intervalo, e ela nos orientou sobre o evento, que seria na sexta-feira. Solicitou que usássemos calça preta e camisa de botão branca, e marcou um horário antes da festa para ajudarmos em alguns preparativos.

No dia, chegamos na hora combinada, por volta das quinze horas. O salão que seria inaugurado ainda estava em reforma; algumas partes do piso de madeira não tinham sido instaladas. Imaginei que aquilo atrasaria bastante a festa, que começaria dali a no máximo quatro horas. Mas aquilo não era problema meu.

Helen chamou por mim e Andrew para ajudarmos em alguma coisa, e ela e outra das gerentes do Athenaeus nos levaram a uma loja no Shopping de Lewisham. Passaram um bom tempo escolhendo espelhos para os banheiros, que ainda estavam sendo arrumados. Fiquei impressionado com o atraso na organização.

Cada um foi carregando dois espelhos grandes – eu, Andrew e as duas chefes. Era divertido notar como Helen, que era baixinha e ruiva, se esforçava para parecer íntima da outra gerente, alta e loira, que não dava muita bola para a colega.

Carreguei os espelhos quase deixando-os cair de tão pesados. Fomos ao banheiro do salão e colocamos nossas roupas de trabalho.

Começamos organizando as mesas e arrumando os copos de champanhe e vinho em uma mesa grande. Fomos orientados a não servir champanhe no início da festa, pois haveria um momento do brinde, quando fosse anunciada a inauguração, daí todos iriam servir a bebida e brindariam juntos. Achei a ideia brega, mas, como não me cabia questionar, concordei.

— E se as pessoas pedirem champanhe antes da hora, o que eu faço?

Quis tirar todas as dúvidas, para depois não reclamarem que fiz algo errado.

— Você explica que terá um momento para o brinde e oferece vinho branco no lugar — responderam.

Achei inconveniente, mas, de novo, não me cabia questionar.

O filho da gerente Helen estava trabalhando conosco, também como garçom. A mãe dele fez vários elogios a ele antes de o conhecermos e, apesar de o jovem ter um estilo meio rebelde, notei que no fundo era o queridinho da mamãe.

Começamos a posicionar os petiscos e os lanches sobre outra mesa. Já estava ficando com fome e alguns lanches ali despertaram meu apetite. Vi Andrew comendo alguns, mas resolvi me conter, mais por orgulho que por educação.

Depois de muito trabalho de organização e de carregamento de caixas de um lado para o outro, alguns convidados começaram a chegar e a se sentar. Servíamos vinho, refrigerante ou suco, e eles se sentavam nos pufes espalhados pelo amplo salão. O lado esquerdo era todo composto por um balcão, no qual alguns também se sentavam. No canto esquerdo, próximo à entrada, havia uma minissala com sofás brancos, para conversas mais íntimas ou algo parecido.

Depois de alguns minutos, o salão lotou repentinamente. A maioria dos convidados era do sexo feminino e por volta dos quarenta anos. A música começou a tocar em volume não muito alto.

Quando me dei conta, Andrew servia champanhe antes da hora.

— Você já está servindo champanhe? — perguntei, mesmo vendo que ele estava. Só perguntei para saber se ele tinha entendido o combinado.

— Sim, o pessoal já está querendo champanhe — ele respondeu.

Não quis discutir com ele; não tinha sido eu quem havia criado a regra e estava pouco me importando.

Após uma hora de festa, Helen começou a fazer um discurso sobre o Athenaeus, sobre como ele havia crescido, todo aquele papo furado, e por fim convidou todos a brindar. Como eu havia imaginado, a quantidade de pessoas ali presentes não era compatível com o número de pessoas servindo — no caso, eu, Andrew e o filho de Helen. Formou-se uma fila para servir as pessoas, e a ideia de todo mundo brindar junto foi por água abaixo.

Em seguida, enquanto dava voltas pelo salão para servir as pessoas, uma mulher me parou e me fez um pedido que não consegui entender, não só por conta do barulho, mas também porque não conhecia a palavra. Disse a ela que não tinha entendido, e ela me mostrou um guardanapo em sua mão. Para mim, ela queria outro guardanapo. Peguei um e levei até ela, mas ela me disse:

— Não, quero jogar isso fora.

— Ah, tá. Pode me dar que eu jogo — respondi, aliviado por ter resolvido o problema.

Depois me dei conta de que o que ela queria era uma *bin*, que significa lixeira, mas eu conhecia somente por *garbage*, do inglês americano. De início, havia entendido que ela queria feijão, mas não fazia o menor sentido.

Após todos estarem bem servidos de bebidas, me pediram que ajudasse as funcionárias da escola a lavar alguns copos para que começassem a ser guardados. Levaram-me até a pia, que ficava logo atrás da bancada à esquerda. Havia duas, então fiquei em uma e Andrew em outra. Perguntei a um dos organizadores da festa que vinha me orientando se ele tinha sabão ou detergente.

— Não, não temos; vou mandar deixar as luzes mais fracas para que as pessoas não notem os copos sujos — brincou ele em resposta.

Achei aquilo um bocado nojento e tentei insistir para que ele arrumasse ao menos sabonete, já que eles deviam ter comprado para os banheiros. Ele disse que não tinha e mandou que começássemos o trabalho.

Lavamos muitos copos, empacotamos aqueles usados no brinde de champanhe e repassamos os demais para que continuassem a ser utilizados. Uma funcionária da organização que secava os copos me perguntou:

— Você está lavando os copos direito?

— Dentro do possível. Sem detergente nem bucha fica difícil — respondi.

— Como assim, não está usando bucha nem detergente? Não dá pra lavar assim!

Ela ficou indignada.

— Também acho! Mas me disseram que nem isso tem aqui; não há nada que eu possa fazer — retruquei irritado, deixando claro que achava aquilo tudo uma nojeira.

Ela saiu indignada para pedir ao organizador os materiais de limpeza. Depois de poucos minutos, voltou com um sorriso amarelo e disse:

— Realmente, eles estão sem os materiais, então tenta lavar com água o mais quente possível, para ao menos matar as bactérias.

— Ok — respondi, sem paciência para discutir.

— Só para esclarecer: não é nada contra você, nada pessoal — ela acrescentou, preocupada em ter me ofendido.

— Certo, não tem problema — respondi, para deixá-la mais tranquila.

Ela pareceu ainda um pouco tensa quanto à discussão, pois passou o resto da noite me olhando e sorrindo para amenizar a situação.

Depois de quase uma hora lavando, secando e guardando taças e copos, Helen chamou a mim e Andrew em um canto. Disse-nos que havíamos feito um ótimo trabalho naquela noite, e que fomos muito elogiados pelo pessoal da organização e pelos convidados. Em seguida, nos levou até o organizador e falou que ele nos pagaria. O homem nos pagou exatamente o combinado de sete libras a hora. Como trabalhamos cinco horas, nos deu 35 libras em dinheiro. Logo que nos pagou, nos deu um tapinha nas costas e nos levou de volta ao salão, atitude que entendi como uma forma de não nos dar chance para pedir uma gorjeta extra. Não que eu fosse pedir, pois sou péssimo para barganhar, mas achei aquilo, somado à falta de detergente e bucha, a última prova de que aquele homem era um muquirana.

Helen apareceu e entregou uma cerveja para cada um, e brindamos pelo sucesso do evento. Achei muito simpático da parte dela. Tive a impressão de que, assim que ela percebeu que éramos prestativos, começou a nos tratar muito bem. Não que houvesse sido ríspida comigo, mas sempre tive um pé atrás com ela, assim como com os demais funcionários da escola.

— Fiquem à vontade. Aproveitem o resto da festa, e podem se servir à vontade — ela disse, e em seguida voltou para os seus convidados.

Àquela altura, já estava exausto e tinha ficado sem apetite, mas comi alguma coisa para não me arrepender depois.

Comecei a conversar com Andrew sobre música. Ele disse ter notado que eu usava uma camisa do Bob Dylan outro dia. Falou que gostava muito dele e de outras bandas dos anos 1960, como The Doors. Eu comentei que gostava muito de Patti Smith, provavelmente minha cantora favorita. Ele falou:

— Ah, claro. Ela é um Bob Dylan na versão feminina.

Não, não é tão simples assim, mas estava com preguiça de discutir. Nessa conversa, ele comentou que nas décadas de

1960 e 1970 faziam-se músicas boas, e que hoje em dia a música era uma droga. Respondi:

– Não concordo. Muitas das minhas bandas favoritas são dos anos 1990 e 2000, como PJ Harvey, Belle & Sebastian e Mazzy Star.

Ele acabou admitindo:

– É, Nirvana também é muito bom.

Começou a falar que gostava de música de resistência e festivais como o Woodstock de 1969. Recomendei a ele a banda Os Mutantes e passei a falar do movimento tropicalista no Brasil e da luta contra a ditadura, para que ele soubesse o que é música de resistência mesmo, mas ele me interrompeu porque tinha que ir embora. Falou que tinha outra festa para ir. Isso me causou certa antipatia por ele; não gosto de pessoas que têm *outra festa para ir.*

Peguei o ônibus e fui para casa. Estava exausto e com os braços doendo de carregar caixas e os malditos espelhos para os banheiros. Caí na cama e dormi, e resolvi passar o dia seguinte inteiro nela.

11

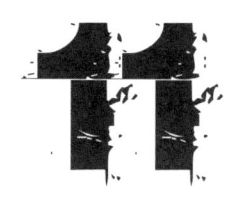

Let's Reggae all night Yeah!
You are so fast! I'm so slow, because...
That's the way I like to roll.

CANSEI DE SER SEXY

    Havia alguns dias que o noticiário comentava sobre a chegada da neve e a entrada do inverno. Já nevava na Alemanha e na Itália, e faltava pouco para nevar na Inglaterra também. Em Londres chovia muito, aquela garoa fina, e me disseram que esse era o motivo de não nevar tanto quanto em outras partes da Europa. Contudo, quando a neve chegou, ela veio com força, e, segundo Sandra, a cidade não era tão bem preparada para aquela situação quanto outras capitais europeias. Os carros ficavam impedidos de passar por algumas ruas, pois não havia equipamento para tirar a neve, e em alguns dias o ônibus que pegávamos não conseguia mais transitar.

    Por volta do dia 23 de dezembro, tivemos um longo feriado no Athenaeus, que se estenderia até o início do ano seguinte. Sandra disse estar preocupada com o fato de eu ficar à toa durante toda aquela semana. Matteo iria embora no dia 23, assim como muitos dos meus colegas de classe. Alguns colegas europeus iam para casa, para os feriados de fim de ano, e voltariam no início do ano para continuar o curso, luxo que eu não poderia ter. Vontade para isso não faltava, porque sonhei várias vezes que ia para o Brasil passar o Natal com minha família. Nunca dei tanta importância ao Natal e ao Ano-Novo, mas estar tendo aqueles sonhos era prova de que realmente estava com saudade. No fim do ano faria um mês que estava em Londres.

    Na última semana de Matteo em Londres, mal o vi. Ele passou a maior parte do tempo no apartamento que um grupo de amigos turcos havia alugado. Conheci alguns deles e me pareceram bastante simpáticos, mas não tive oportunidade de fazer muita amizade. Eu me identifiquei com o que disseram sobre o hábito da cultura deles de nunca desperdiçar comida, sequer migalhas, que davam aos pássaros.

    Na véspera de sua despedida, Matteo me deu de presente um pequeno pôster do Big Ben e do Parlamento Britânico, me agradeceu pela amizade e me convidou para visitá-lo na Itália assim que pudesse. Fiquei muito sem graça com o presente, porque nem pensei em lhe comprar nada.

    Acho que demoro muito para perceber quando me torno amigo das pessoas; geralmente, só me dou conta disso quando elas partem. Não que eu não dê valor às minhas amizades; faço tudo pelos meus amigos de verdade. Mas creio que o motivo de agir assim é por me acostumar com a convivência sem me dar conta de que a amizade surgiu.

    Despedi-me de Matteo e fui ao Market Tavern tomar uma cerveja e ver se encontrava o pessoal do Athenaeus. Acabei voltando cedo, e, quando cheguei, Sandra ainda estava acordada e me disse que Matteo havia voltado. O voo dele não pôde decolar por causa da neve, e ele teria que trocar a passagem para um voo no dia seguinte. Sandra disse que ele já estava dormindo, que tinha chegado bastante estressado, jantara e fora dormir.

    No dia seguinte, Matteo estava desesperado tentando entrar em contato com a empresa aérea para saber como trocar sua passagem. Eu quis ser solícito e o ajudei a telefonar e a entrar em contato pela internet. Por telefone, os atendentes estavam todos ocupados por conta da confusão, e só consegui resposta por meio das redes sociais.

Depois que resolvemos o problema, Matteo ficou mais tranquilo, mas ainda assim não quis sair de casa, ficando à espera da ligação que diria o horário para o qual o voo seria remarcado. A neve não havia diminuído muito, então ele teria que contar com a sorte. Eu também não quis sair de casa; o frio e a neve tirariam o prazer de qualquer passeio.

O único momento em que saí de casa foi para ir a um *fast-food* em Brockley Cross para comprar um lanche de hambúrguer de soja com fritas e refrigerante. Havia vários desses *fast-food* na região, a maioria com donos indianos.

Matteo passou o dia todo plantado ao lado do telefone. Em alguns momentos se desesperava e dizia:

– Eu devia ter ido embora um mês atrás para não correr o risco de passar o Natal longe da minha família.

Repetiu isso várias vezes. Como católico praticante, ele dava muita importância para o Natal.

No fim da noite, ele recebeu uma ligação confirmando o reagendamento do voo para o dia seguinte pela manhã. Enfim, pôde dormir em paz. Na manhã seguinte, depois que Matteo partiu, Sandra me perguntou se eu tinha planos para o Natal. Eu disse que não, e ela me convidou para a ceia de Natal da família dela, convite que eu, muito agradecido, aceitei. Vinha passando muito tempo trancado no quarto depois que Matteo havia partido. Não tinha mais companhia para sair e a neve também não colaborava.

Um pouco mais tarde, Laura, minha colega brasileira, me ligou e me convidou para passar a véspera de Natal com ela e o Ale, um colega também brasileiro que eu havia conhecido alguns dias antes. Fiquei muito agradecido pelo convite, mas já havia aceitado o convite da Sandra.

No dia 24 à noite, resolvi me arrumar cedo para não atrasar Sandra. Ela não havia confirmado o horário, mas, como jantávamos todos os dias por volta das vinte horas, imaginei que a ceia seria na mesma hora. Ela me contou que seria na casa de Gaya, sua filha. Comecei a me arrumar por volta das dezoito. Tomei banho, vesti uma roupa decente e penteei o cabelo, algo que raramente faço.

Quando fiquei pronto, eram quase vinte horas. Fiquei no quarto vendo TV enquanto esperava Sandra me chamar. Como ela não chamou, desci para que ela visse que eu já estava pronto e era só avisar quando quisesse sair.

Quando cheguei lá embaixo, na cozinha, Sandra bebia um copo de vinho e via TV sentada à mesa da cozinha. Ela me olhou e disse:

– Huum.. Que elegante! Vai sair?

Foi quando eu entendi. Na Inglaterra se comemora o Natal e se faz a ceia no dia 25; a véspera é um dia comum, como outro qualquer. Como no Brasil fazemos a ceia na véspera e muitas vezes chegamos a aguardar a madrugada para a virada do Natal, imaginei que ali fosse igual. Mas devia ter me informado melhor.

Fiquei alguns segundos, que me pareceram uma eternidade, ali parado olhando para ela e pensando no que responder. Queria evitar o constrangimento, então tive que pensar em algo com rapidez.

– Não, não vou sair não. Ia, mas desisti – foi o que consegui improvisar.

Completei a desculpa falando sobre a neve e o frio, que me desmotivaram a sair, para que ela acreditasse na história.

Jantamos em casa e falei pela internet com minha família, que estava toda reunida no Brasil. Senti muita vontade de estar com eles.

No dia seguinte, Sandra me avisou logo cedo que sairíamos de casa por volta das catorze horas para irmos à casa de sua filha para a ceia de Natal. Achei incomum o horário, pois não era nem almoço nem jantar, mas estava curioso pelo que me aguardava, para ver se seria algo muito diferente do que estava acostumado no Brasil.

Na hora de sair, ajudei Sandra a levar algumas coisas para o carro. Lotamos os bancos de trás e ainda carreguei algumas coisas no colo. Não sabia o que levava no colo; parecia ser frango, e estava quase salivando em cima dele. O cheiro estava muito apetitoso.

No caminho, passamos por muitas casas da vizinhança com vários enfeites de Natal e luzes pisca-pisca coloridas. Sandra me perguntou:

– No Brasil, as pessoas também fazem isso nas casas? Eu odeio esses enfeites todos. É tão americano...

Quando ela disse isso foi que me dei conta de como, no geral, os ingleses não são muito chegados em coisas *tão americanas*. Europeus possuem um senso nacionalista admirável e parecem ver a cultura da globalização e o estilo de vida norte-americano como uma ameaça.

Pegamos a cunhada de Sandra, uma mulher jovial, comunicativa e com sotaque jamaicano. Passei para o banco de trás e fiquei apertado com as comidas para dar lugar à cunhada.

Sandra parou em um mercado e disse que precisava comprar alguns *fags*. Achei aquilo muito estranho, porque, até onde eu sabia, *fag* era um termo bem pejorativo para designar homossexuais.

Enquanto Sandra estava no mercado, fiquei conversando com a cunhada sobre a cultura da América Latina. Ela disse que adorava as Américas do Sul e Central, e pelo pouco que conhecia da cultura brasileira a admirava muito.

– Você não parece brasileiro; é muito branco – acrescentou ela, revivendo um complexo que eu tinha na infância.

Em meio à população de maioria negra de Brockley, eu me sentia um pouco sem cor e sem graça mesmo.

Por fim, a cunhada comentou:

– Poxa, estou com fome! Nunca tive a ceia tão tarde na minha vida!

Ainda eram dezesseis horas.

Sandra voltou com os *fags*, que na verdade não era um monte de amigos gays, mas sim um maço de cigarros.

Chegamos à casa de Gaya, que ficava também em Brockley, não muito longe da residência da mãe. Algumas pessoas da família já haviam chegado, inclusive os pais de Sandra, e todos me cumprimentaram de maneira muito receptiva. Ficamos por um tempo na sala e rapidamente me trouxeram cerveja e me serviram petiscos de camarão, que comi sem fazer cerimônia. As crianças também estavam na sala, jogando Nintendo Wii.

Depois de um tempo, o restante dos convidados chegou. A família não era muito grande. Gaya e Hugh tinham dois filhos cada, e estavam presentes respectivos marido e esposa, avós, além da cunhada de Sandra e do namorado dela.

A sala de jantar de Gaya não era tão grande, então uma forma interessante de fazer a ceia foi revezando os convidados. Primeiro as crianças jantaram; depois eu, os avós, a cunhada e o namorado, que éramos visitas; e por último os demais, que eram mais da casa. Enquanto alguns jantavam, os outros ficavam na sala de TV conversando e comendo os petiscos.

A comida estava muito boa: diversos tipos de carne, salada e batata. No fim do jantar, Gaya abriu um "kit de Natal" que vinha com um cilindro embrulhado como uma bala em um papel-celofane. Gaya me disse:

– Puxe uma das pontas.

O filho dela tapou os ouvidos e disse que não gostava do barulho. Receoso, perguntei o que iria acontecer, mas já tinha começado a puxar para ver no que ia dar.

Antes que ela pudesse responder, o pacote deu uma pequena explosão e de dentro saiu, como diria Gaya, "alguns presentes-porcaria". No nosso, veio uma coroa de papelão dourado. Segundo ela, aquilo era comum no Natal inglês. Eles "puxavam" aquilo todo ano.

No fim da noite, abrimos os presentes. As crianças ganharam vários tipos de brinquedos, dos mais tecnológicos aos mais simples. Eu ganhei uma camiseta de presente de Sandra. Ela era branca, com uma estampa onde havia escrito *Rebel Yell* e uma imagem ao fundo. Surpreendi-me quando notei que a foto estampada era da banda brasileira Cansei de Ser Sexy.

– Você sabe que essa estampa é de uma banda brasileira? – perguntei para Sandra.

– Não. Jura? – ela comentou, surpresa.

De todas as possíveis estampas existentes, ela teve a sorte de escolher uma camiseta estampada com uma banda brasileira da qual eu gostava. Pensando nisso, Hugh falou:

– Minha mãe é a melhor para dar presentes; ela sempre acerta!

12

A dreaded sunny day
So let's go where we're happy
And I meet you at the cemetry gates
Keats and Yeats are on your side.
THE SMITHS

Os cinco dias entre o Natal e o Ano-Novo foram bem parados. Cansado de ficar em casa, resolvi fazer passeios pela vizinhança do Brockley, porque também já estava cansado de ir ao centro da cidade. Sandra disse que não tinha problema em levar Pan comigo, e, para que eu tivesse uma companhia, e ainda fizesse um agrado à amável cadela, resolvi levá-la aos meus passeios.

Na verdade, Brockley era um lugar bem mais interessante do que eu pensava. Havia muitos pubs por ali, alguns com estilo *underground*, que tinham apresentações de bandas boas e populares na região sudeste de Londres. Descobri que o Watch House Pub de Lewisham pertencia a uma rede de pubs que tinham o mesmo cardápio e estilo, e em Brockley havia um igual.

Em um dos pubs ao qual fui almoçar, vi a cantora Florence Welsh do Florence + The Machine. Ela estava bem discreta, com uma blusa e calça pretas, e acompanhada de uma mulher de cabelos curtos que, segundo imaginei, devia ser a mãe dela, pela leve semelhança entre as duas. De início, não achei que fosse ela. Mas, depois de olhar bem, tive certeza, pois seu nariz e queixo eram inconfundíveis. Depois da certeza, fiquei pensando na possibilidade de ir falar com ela e lhe dizer que adorava seu álbum recém-lançado, *Lungs*.

    Fiquei nervoso. Meu coração começou a palpitar mais rápido e comecei a suar muito. Não queria parecer ridículo nem perturbá-la. Imaginei se não era coisa da minha cabeça e a mulher, talvez, nem se parecesse muito com Florence. Mas não... só podia ser ela.

    Resolvi ficar quieto. Já deve ser chato o suficiente ter que ficar aguentando bajulação de fã em shows, que dirá enquanto se almoça.

    Florence viveu e iniciou sua carreira ali em Camberwell, inclusive gravou um show no Rivoli Ballroom, também em Brockley, que ficava logo ali perto de onde estávamos.

    Essa era uma das coisas bacanas do sudeste de Londres: a região tinha criado uma identidade própria, com um cenário musical consistente.

    Alguns dias em que eu estava mais animado para caminhar, andava até Lewisham para almoçar em um restaurante chinês que a Laura me indicou. Ela tinha ficado preocupada por eu comer tanto *fast-food* e me recomendou esse restaurante, chamado Noodle Wing. Era um lugar bem-arrumado e tinha preços bons. De início, eu comia sempre o *yakissoba* de legumes e frango, mas depois que descobri o frango e o camarão agridoces, comecei a comer esses pratos quase todos os dias.

    O lugar onde eu mais gostava de andar em Brockley era no Numhead Cemetery, que ficava bem próximo à Drakefell Road, onde Sandra morava. O cemitério era todo cercado por um muro escuro e grades. Por dentro, ele ficava bonito coberto pela neve e, apesar de ser um cemitério, também era um pequeno bosque que atraía pessoas para caminhadas com a família e os cães.

Seguindo um pouco adiante no amplo espaço da entrada do cemitério, encontravam-se reminiscências de uma antiga construção. Eram basicamente algumas paredes ainda erguidas, semidemolidas, de uma cor bege já bem desgastada. Entrei para ver como era por dentro e vi que parecia um grande salão. A construção, já não mais existente, parecia ter sido alta e ornamentada em estilo barroco.

Quando saí, notei que havia uma placa ao lado contando do que se tratava. Vi que era uma antiga igreja que fora parcialmente destruída durante a Segunda Guerra Mundial.

Depois, costumávamos caminhar próximo aos túmulos. Eu não conseguia deixar de reparar na idade dos falecidos, calculando pela data de nascimento e falecimento. Ficava triste quando via pessoas jovens que tinham sido enterradas ali. Vi um garoto de doze anos falecido em 2001. Imaginei qual seria a causa da morte. Talvez uma doença ou acidente.

Como estaria a mãe naquele momento, nove anos depois? Provavelmente ainda não devia ter superado. Minha mãe sempre diz que a pior perda que existe é a de um filho. Aonde será que o garoto está agora?

Pan era sempre muito obediente, mas ficava nervosa quando via outro cachorro, o que me deixava preocupado. Um dia, vimos uma pequena raposa atravessando a rua e entrando em um quintal de uma casa. Aquilo me surpreendeu; não imaginei que houvesse raposas em bairros residenciais de Londres. Lembrei da música do Belle & Sebastian: *Fox in the snow, where do you go to find something you could eat?* Realmente, em meio a uma capital, deve ser difícil para uma raposa arrumar comida, e aquela que atravessava o asfalto estava magra e parecia faminta.

Tirando a tensão entre Pan e os outros animais, era sempre muito tranquilo caminhar com ela. Pan estava sendo uma ótima companhia, principalmente naqueles dias tediosos de recesso. Apeguei-me muito a ela; todos os dias, quando chegava em casa, abria a porta do quintal para que ela fosse lá fora fazer suas necessidades. Obediente, ela ia, fazia o que tinha que fazer, dava uma vasculhada no quintal e cinco minutos depois já estava de volta.

Naqueles dias, meu cabelo havia crescido bastante; a franja ficava encostando no meu olho, e minha cabeça estava volumosa. Perguntei para Sandra se ela conhecia algum salão que não fosse muito caro para que eu pudesse cortar meu cabelo. Ela me disse que logo na esquina, indo para Brockley Cross, havia um salão em que seu filho Hugh costumava cortar o cabelo.

– Mas você sabe... Hugh quase não tem cabelo, então ele não é muito exigente quanto ao corte – Sandra falou.

Arrisquei, e fui no dia seguinte ao lugar indicado. Entrei no pequeno salão, que estava lotado, o que fazia bastante sentido, por ser véspera de Ano-Novo. Perguntei para um dos barbeiros, que parecia o Jazz do The Fresh Prince of Bel-air, quanto custava o corte.

– Dez libras – respondeu ele secamente.

Foi só quando me sentei para a longa espera que notei ser o único branco no estabelecimento, e o quanto estava contrastando com o restante do ambiente. Senti-me como na série *Everybody Hates Chris*, só que ao contrário. Achei que todo mundo havia notado a diferença e me encarava, mas realmente devia ser coisa da minha cabeça.

Nas paredes do salão havia fotos de vários famosos negros: Bob Marley, Barack Obama, Will Smith, entre outros. As revistas também não eram diferentes: as capas eram selecionadas com artistas, celebridades e famosos negros. A temática afro era levada a sério ali.

O melhor de tudo era o sotaque jamaicano. Acredito que mesmo os nascidos em Londres o adotavam por questão de estilo. Quase todas as frases eram terminadas com *man*, com o *a* aberto. Realmente era muito *cool*.

Enquanto eu esperava para ser atendido, comecei a pensar sobre a representatividade dos negros em Londres. Diferente do Brasil, ali eles adotaram um orgulho muito grande de suas origens étnicas. Fiquei muito admirado.

As mulheres negras gostavam de exaltar sua descendência africana. Ao invés de alisarem os cabelos, faziam muitas tranças ou deixavam o cabelo crespo e volumoso, estilo *black power*. Nesses meses que passei em Londres, notei que, se fosse para hierarquizar, diria que as mulheres negras eram muito mais vaidosas que as brancas. Algumas brancas – não todas – faziam o estereótipo de mulher europeia desleixada com a aparência, cabelos mal presos em coques, unhas por fazer e nenhuma maquiagem.

Já a maioria das negras saía para trabalhar parecendo a Rihanna. Cabelos e roupas ousadas, maquiagem bem-feita, e unhas grandes e com cores fortes. Essas andavam com pose de superestrela; eu chegava a invejar a autoestima delas, já que a minha andava bem baixa.

Nessa época, eu me sentia um pouco fracassado por não ter conseguido um emprego ainda e sequer ter ideia de como conseguir um. Ainda me sentia também um pouco intruso naquele país, e as notícias sobre xenofobia me deixavam paranoico.

Achava que as pessoas em lojas eram um pouco hostis comigo, o que acabei descobrindo depois estar diretamente relacionado com a minha autoestima. Em Londres, mais do que em qualquer outro lugar em que já estive, as pessoas lhe dão valor proporcional ao que você se dá. Não importa o quanto você seja bonito ou inteligente, por exemplo. Se não se sentir como tal, não será tratado da maneira devida. Naquele primeiro mês, estava me sentindo um lixo, por isso era tratado como tal.

Depois de esperar uma grande fila de clientes, que estavam dando um tapa no visual para o Ano-Novo, fui atendido. Quando sentei na cadeira, vi que o barbeiro não usava tesoura; pelo menos, não vi nenhuma no balcão, apenas máquina de cortar e lâmina. Fiquei um pouco preocupado com se ele iria conseguir fazer um corte bom sem tesoura no meu cabelo. Ele me perguntou:

– Como vai querer o corte?

– É só para diminuir um pouco o tamanho. Corta igual; pode manter o mesmo corte – respondi.

Sentei e relaxei. Não costumo ir a salões; minha mãe sempre cortou meu cabelo. Deixei que ele fizesse o que quisesse, já que não entendo nada de cabelo.

Por fim, ele perguntou se estava bom. Notei que um lado da franja estava maior que o outro e pedi para que ele arrumasse. A conclusão a que cheguei é que minha mãe está certa quando diz que só ela sabe cortar meu cabelo.

Quando cheguei em casa, peguei uma tesoura e consertei algumas imperfeições, mas ainda parecia que minha cabeça estava torta. No fim do dia, Sandra me perguntou se eu havia gostado do salão.

– Gostei sim – respondi. Eu realmente havia gostado do salão. Quanto ao resultado no meu cabelo... já era outra questão.

13

Oh it gets so lonely
When you're walking
And the streets are full of strangers
All the news of home you read
Just gives you the blues.
JONI MITCHELL

Combinei com a Laura que no dia da virada do ano nos encontraríamos na estação de Lewisham e iríamos juntos ao apartamento do Luiz, um amigo brasileiro. O Luiz morava em um apartamento que era alojamento do Athenaeus. Em vez de morar na casa de uma família, havia a opção de dividir um apartamento com colegas.

Esse prédio ficava muito longe da escola, por isso eu e Laura demoramos bastante para chegar lá. Pegamos um trem e dois ônibus.

Assim que chegamos ao bairro, notei a quantidade de indianos que morava ali. Se não fosse o frio absurdo que fazia naquele início de noite, juraria que havíamos chegado à Índia.

Todos na rua pareciam estar entrando em clima de Ano-Novo. Vestiam branco e se preparavam para as festas da noite, levando comida e champanhe para dentro das casas.

Laura olhava de um lado para o outro, um pouco

tensa. Ela tinha dito que era perto e fácil chegar do ponto que descemos ao prédio em que os amigos moravam, mas parecia estar tendo problemas em encontrá-lo.

– Acho que estamos perdidos – ela admitiu.

Demos muitas voltas pelo bairro, tentando nos situar. Eu estava tranquilo, sem pressa; estava gostando de conhecer aquele lugar.

Ali, ao contrário de Brockley, havia poucas casas vitorianas. Viam-se muitos blocos de prédios, em média de quatro andares. Os prédios eram de tijolinhos claros, não tão conservados. Apesar de ser um ambiente mais residencial que comercial, era muito barulhento. Algumas feirinhas de rua, que estavam abertas àquele horário, provavelmente em razão do fim de ano, causavam certo alvoroço. Pessoas berrando promoções e outras conversando alto só pelo prazer de ser expressivo. Muitos comerciantes pareciam indianos, outros usavam turbantes. Gente de diversas etnias pareciam ter adotado aquele bairro como lar.

Finalmente, Laura encontrou o prédio. Nós nos identificamos na portaria do bloco, passamos por garagens a céu aberto e entramos.

Logo nas escadas, paramos para conversar com um amigo chinês de Laura que morava com o Luiz. Ele se chamava John.

– Que bom que você tem um nome simples; imaginei que por ser chinês teria dificuldade em memorizar seu nome – brinquei. Mas ninguém riu comigo.

Alguns meses depois descobri que falantes de mandarim escolhem um "nome americano" quando fazem passaporte, para facilitar nas viagens. Portanto, seu nome de batismo não era John, e minha piada não fazia o menor sentido.

Subimos e chegamos à festa no apartamento do Luiz.

O Luiz era sempre muito legal e amigável comigo e com a Laura. Ele era baixo, tinha cabelos pretos e lisos, pele bem branca e um sotaque típico da região Sul do Brasil.

Também estavam na festa três dos meus colegas de classe. Um deles era um argentino chamado Martin. Ele era baixo, de cabelos castanhos, e eu o achava bem simpático. O outro era o Jordy, um holandês de quase dois metros de altura, loiro e magro. Por último, estava Berrak, o turco que não gostava de brasileiros. Fiquei imaginando o que o babaca estaria fazendo na casa de um.

Não gostava de Berrak desde que ele havia confessado na minha presença, sem saber que eu era brasileiro, que não gostava de pessoas do meu país. Mesmo assim, cumprimentei-o com educação.

Havia duas garotas holandesas, bonitas e altas, vestidas feito *groupies* modernas. Uma delas tinha cabelo e olhos castanhos, e estava acompanhada de um alemão cheio de pose, cabelos castanhos e metido a modelo. A outra holandesa era loira, de olhos azuis, e tinha um ar de Kate Moss. Parecia ser a namorada de Jordy.

Além deles e John, havia uma bela garota argentina com olhos bonitos, maquiados com cor escura, cabelos castanhos lisos jogados para o lado e pele bem branca. Ela não era alta como as outras, mas certamente era a mais bonita. Chamava-se Antonia.

No início da noite, comemos Doritos no molho, fizemos hambúrgueres, bebemos e bebemos. Poucas vezes na vida vi alguém bebendo tanto quanto aqueles holandeses. Bebiam uma dose atrás da outra, e às vezes até duas ao mesmo tempo.

Depois de beber até mal conseguir parar em pé, Jordy ficou insuportável. Queria ser o centro das atenções. É claro que ele estava usando a desculpa "estou bêbado, então posso ser chato".

A namorada de Jordy se divertia e parecia até orgulhosa do comportamento dele. Quando ele fazia suas palhaçadas ou bebia várias doses de uma vez, a garota dizia: "Ai, para!". Dizia isso rindo e com uma cara de "faz mais, estou adorando".

Depois de muita bebida, nos demos conta de que tínhamos que correr para chegar a tempo e ver os fogos na praça do Parlamento. Saímos todos do apartamento, animados para a virada.

Na saída, a holandesa de cabelos castanhos me disse:
– Sei uma palavra em português.
– Qual? – perguntei.
– Caralho – respondeu ela fazendo uma cara que dizia "pega essa", achando que iria me impressionar com o palavrão.
– Parabéns! – respondi.

No caminho, custamos a andar. Jordy estava muito bêbado e fazendo gracinhas, tendo que praticamente ser carregado pela namorada, que o segurava para não cair. Os dois estavam se achando Sid Vicious e Nancy Spugen.
– Não sei quem é mais idiota, o Jordy se achando ou a namorada que o atura e acha engraçado – comentou Laura.

Concordei com ela. Realmente era difícil decidir.

Chegamos a uma estação de metrô lotada de gente aparentemente tentando fazer o mesmo que nós: chegar a tempo ao centro para ver os fogos.

Atrasei o pessoal porque precisava comprar passe para o metrô e, já que pegaríamos vários trens e ônibus para ir e voltar, resolvi comprar um cartão válido para andar por toda a cidade durante aquele dia. Quando enfim passei pela enorme fila para comprar o cartão e encontrei o pessoal do outro lado da roleta, o Luiz disse aliviado:
– Pronto, podemos ir!
– Temos que esperar o Jordy e os outros; eles também foram comprar o passe – lembrou John.

Jordy, as holandesas e o alemão estavam na fila para pagar em dinheiro, enquanto eu tinha ido na fila da máquina de cartão, que estava menor. Vimos de longe Jordy ser atendido, começar a discutir com o rapaz do guichê, até uma funcionária da segurança intervir e começar também a discutir com ele. Luiz já estava nervoso e foi até lá ver o que estava acontecendo. Voltou dizendo que o idiota do Jordy havia discutido com o rapaz do guichê por motivos tolos e agora a guarda não queria deixá-lo passar. Ele ameaçou a funcionária, e seria complicado negociar qualquer coisa com a mulher. Certa ela.

– Que droga, vamos perder os fogos por conta dessa palhaçada do Jordy! – praguejou Luiz.

Decidimos ir embora sem eles, então fomos eu, Laura, Luiz, Martin, Antonia, John e, infelizmente, Berrak. Este último só abria a boca para falar besteira ou zombar das pessoas que passavam.

Dentro do metrô, todo mundo parecia apreensivo e apressado, com medo de passar a virada do ano dentro do trem. Eu não me importava tanto com isso, mas, solidário aos meus amigos, que faziam questão de ver os fogos, me apressei e fingi que me importava.

De repente, entra um rapaz branco, narigudo e magro com cabelos castanhos emplastados de gel. Ele estava acompanhado de duas moças bonitas e com roupas curtas. Estavam muito bêbados.

– Com licença, nós somos americanos. Gostaríamos de saber como faz pra chegar na Trafalgar Square. Ah, e não somos babacas, como vocês pensam! – gritou ele.

– NORTE-americanos! – Luiz o corrigiu logo em seguida.

– Obama! – gritaram duas garotas negras e estilosas que estavam no vagão.

Ninguém respondeu ao jovem estadunidense, mesmo ele insistindo em obter resposta. Devem tê-lo achado um idiota, mesmo dizendo que não era um. Realmente parecia um daqueles babacas que gostam de aparecer.

Tivemos que descer na estação London Bridge e ir andando até Tower Bridge. Era isso, ou passaríamos a virada dentro do trem.

Quando chegamos à estação, ela estava lotada. Estava difícil até mesmo de andar. Berrak parou para conversar com um amigo que encontrou na estação. Eu vi que ele tinha ficado para trás, mas não comentei nada. Afinal, detestava aquele cara, por isso deixei que ele se perdesse de nós sem o menor peso na consciência. Além disso, dos que sobraram no grupo, a maioria era brasileiro – ele não devia estar gostando da companhia mesmo.

Quando conseguimos atravessar a multidão e sair da estação, vimos que faltavam poucos minutos para a virada do ano.

Começamos então a correr desesperadamente para chegar à Tower Bridge para ver os fogos mais de perto, pois de onde estávamos os prédios tampariam tudo. Até a Laura, que estava de salto, conseguia correr, enquanto o Luiz a puxava pela mão. As pessoas que passavam na rua também correram. A contagem regressiva havia começado!

Formou-se então um grupo grande de pessoas correndo; parecia um arrastão.

Cinco... Quatro... Três... Dois...

14

England is mine – it owes me a living
But ask me why, and I'll spit in your eye.
THE SMITHS

Foi por uma questão de segundos. Viramos na Queens Walk e paramos em frente ao City Hall, de onde pude ver o rio e a Tower Bridge, e os fogos começaram a explodir. O ano de 2010 havia acabado de começar. Todos ficamos extasiados, olhando para o céu e ofegantes de tanto correr. Certamente os fogos ali em Tower Bridge não eram tão deslumbrantes quanto os que soltam próximo ao Big Ben que é transmitido pela TV. O melhor dali nem eram os fogos – era a alegria das pessoas que pulavam, se abraçavam e estouravam espumantes.

Depois que os fogos diminuíram, nós nos abraçamos, enquanto Laura e Luiz se beijavam. Eles formavam um belo casal. Andávamos na rua, e todo mundo nos desejava "Feliz Ano-Novo". Encontramos um grupo de indianos empolgados, que nos abraçaram, pularam e dançaram com a gente sem nem mesmo nos conhecer.

Naquela noite, apesar de estarmos quase congelando, a frieza usual dos londrinos foi substituída por uma calorosa celebração. Assim que entramos em 2010, começou a nevar, e as primeiras imagens mentais que tenho do ano são flocos de neve grandes, daqueles que têm formato de estrelas, caindo em cima do rio Thames. Parecia também que haviam instalado uma iluminação especial nas torres da Tower Bridge para a ocasião. As duas torres cinza, com detalhes azuis e estilo vitoriano gótico estavam iluminadas com luzes de diversas cores.

Começamos a andar por ali procurando o Martin. Em algum momento havíamos nos separado dele. Antonia estava nervosa, procurando por ele e pelo namorado dela, que nos encontraria na ponte. Por todos os lados ouvíamos pessoas desejando "Feliz Ano-Novo", até mesmo para desconhecidos.

Antonia disse que o Martin estava na ponte, então fomos para lá. No meio da Tower Bridge havia um portão que separava um lado do outro no ponto onde ela abre. O pessoal estava obstinado em chegar ao outro lado.

Escalamos o portão que funcionava como uma roleta de dois metros que separava os dois lados e pulamos para o outro.

Cansado de ficar andando, Luiz pediu que parássemos. Ele tirou da sacola que carregava desde que saímos de sua casa um champanhe com copos descartáveis. Brindamos e tomamos champanhe sentados no parapeito da ponte. Do grupo, havia restado somente eu, Laura, Luiz, John e Antonia. Ao fundo, as pessoas ainda estavam tão empolgadas quanto há alguns minutos.

Depois de bebermos a garrafa toda de champanhe, fomos ao encontro de Martin e do namorado de Antonia, Pete.

Pete era um inglês *hipster*. Ele era alto, branco, loiro, de olhos azuis, usava roupas descoladas e um chapéu. Ele quis tirar fotos conosco, e na hora de tirar não quis ficar do lado de nenhum dos rapazes porque ia "parecer gay". O pessoal pareceu gostar muito dele, mas eu não. Achei que ele forçava animação e gostava de ser o centro das atenções. *Que ótimo*, pensei, *nos livramos de Jordy e Berrak, mas encontramos mais um idiota.*

Aí o Pete perguntou:

— E aí, o que vão fazer agora?

Dissemos que não tínhamos nada planejado, que pretendíamos ir a um pub que encontrássemos ainda aberto ou coisa parecida. Ele propôs que fôssemos a um *club* que ele conhecia, onde seria dada uma festa, e a entrada era somente trezentas libras.

— SOMENTE trezentas libras? — perguntei. Não estava disposto a gastar tudo aquilo só para entrar em um lugar, fosse o lugar que fosse.

Laura e Luiz também não pareciam animados com a ideia do *playboy*. Então ele surgiu com uma proposta mais sem-noção ainda: que fôssemos a uma festa que um amigo dele estava dando em seu apartamento, daí não gastaríamos nada, só levaríamos algumas bebidas.

A turma gostou da ideia e eu resolvi ir também, mesmo sentindo pena do amigo que receberia um monte de desconhecidos penetras estrangeiros em sua festa. Fui pela curiosidade de conhecer como era uma festa de jovens ingleses.

Pete disse que dava para ir andando até a casa do amigo, pois era relativamente perto.

O caminho que fizemos era muito estranho. Para chegarmos mais rápido, passamos por atalhos e ruelas do centro londrino. Próximo à Tower Bridge havia conjuntos de pequenos prédios de tijolos marrom-claros. Os atalhos que pegamos passavam por esses conjuntos e, para entrar neles, aproveitamos quando moradores abriam os portões. Eu sempre achava que havíamos chegado ao prédio, mas era só um atalho.

Depois que atravessamos vários atalhos, voltamos às ruas normais, desertas e frias. Agora que não havia mais o calor da multidão da Tower Bridge, o frio parecia ter triplicado. Estava quase desistindo e voltando, mas todo mundo parecia fazer questão de seguir. Além do mais, eu não fazia ideia de como voltar para casa dali sozinho.

Chegamos ao apartamento do amigo do Pete, e foi um dos momentos em que mais me senti inconveniente na minha vida.

Sim, estava rolando uma festa, mas o anfitrião não esperava mais gente, e o apartamento era minúsculo. O rapaz era muito educado e, sem jeito, nos convidou para entrar. Ele nos chamou para a cozinha, para nos servir, e ela era tão pequena que mal coubemos lá. O corredor também não era diferente: mal havia espaço para empilhar todos os nossos casacos.

O pior de tudo é que a festa era para poucos amigos. O pessoal que estava lá parecia ser muito íntimo; com certeza não contavam com a presença de desconhecidos. Realmente, a festa parecia estar muito boa, e o pessoal, descontraído. Só que, quando chegamos, eles pareceram ficar tensos. O que entendo completamente – eu iria odiar ter uma festa entre amigos íntimos invadida por um bando de desconhecidos.

Fomos para o quarto do anfitrião, onde havia um grupinho conversando e bebendo. Sentamo-nos no chão e tomamos a cerveja que nós mesmos levamos. Reparei na grande coleção de discos do rapaz; havia vários tipos de música, inclusive artistas brasileiros. Me deu um pouco de nostalgia ver discos de Jorge Ben, Caetano Veloso e Os Mutantes nas estantes. Alguns deles deviam ser raridades, até mesmo no Brasil.

Alguns minutos depois, os convidados que estavam no quarto foram embora; não pareceram ter gostado muito da nossa intervenção na festa. Sentamos em um círculo: eu, Luiz, Laura, Martin, John e Antonia. Pete estava na cozinha com o dono da festa.

O quarto estava todo enfeitado com balões; parecia que, além de comemorarem o Ano-Novo, era também aniversário de alguém, o que aumentava ainda mais a inconveniência da nossa presença ali.

Depois de termos bebido algumas cervejas, resolvemos ser mais chatos ainda. Pegamos os balões, que estavam cheios de hélio, e aspiramos um pouco da substância, para que nossa voz ficasse fina e engraçada. Brincamos de falar besteiras em diferentes idiomas. Nunca imaginei que frases em chinês e espanhol ficassem tão engraçadas com voz de hélio. Talvez nem ficassem. Talvez tenha sido só uma coisa de momento.

Não demorou muito para que todos os convidados fossem embora e só sobrássemos nós. Fomos os últimos a sair, nos despedimos, agradecemos o anfitrião e voltamos à rua, que estava ainda mais fria que antes.

Luiz sugeriu que fôssemos para a casa dele, mas eu já estava tão exausto que só queria minha cama.

O pessoal que morava nos alojamentos pegou ônibus para uma direção, enquanto eu e Laura fomos para o outro lado. Resolvemos que era melhor ir de ônibus, pois tínhamos certeza de que os ônibus noturnos estavam funcionando; quanto ao metrô, não sabíamos se funcionaria na virada do ano.

Andamos pela London Bridge, viramos em uma esquina e paramos em um ponto em que o ônibus noturno para Lewisham supostamente passava. Pelo menos era o que dizia a placa no ponto.

Ainda tinha bastante movimento na rua, e alguns ônibus passavam de tempos em tempos, mas nunca o nosso. Começamos a ficar aflitos, porque estávamos congelando.

– O próximo tem que ser o nosso! – dissemos no mínimo umas vinte vezes.

– Se o nosso não for o próximo, tentamos o metrô – dissemos pelo menos quatro vezes.

Desistimos e fomos para a estação de metrô de London Bridge. Tínhamos que ir para Canary Warf, onde pegaríamos o trem DLR para Lewisham.

Quando chegamos às catracas, notei que o cartão que havia comprado no início da noite não estava mais valendo. Na verdade, ele tinha parado de funcionar à meia-noite, mas eu pensei que durasse 24 horas.

Fomos até a guarda que estava ali perto, explicamos a situação e ela gentilmente nos deixou passar para irmos a Canary Warf. Ao passar, desejamos a ela "Feliz Ano-Novo", para parecermos simpáticos. Andamos rápido. Estávamos com pressa de chegar em casa e descansar, e com medo de que o DLR parasse de funcionar.

Quando alcançamos a Canary Warf, explicamos o mesmo para o guarda de lá e inventamos que vínhamos pegando as linhas de metrô desde a virada, o que não fazia muito sentido, já que estava quase amanhecendo. Mesmo nossa história sendo desconexa, ele nos deixou passar.

Saímos da estação, mas tínhamos que procurar a estação de DLR, que ficava em um prédio separado do metrô.

Do lado de fora, olhamos ao redor. Havia alguns prédios, mas não tínhamos ideia de para qual ir. Vimos um ponto de táxi embaixo de uma ponte e fomos pedir informação.

– Não faço ideia de onde seja essa estação, e acho que a essa hora, inclusive, ainda mais sendo feriado, não deve estar funcionando – falou o taxista.

Assim que eu e Laura começamos a cogitar a hipótese de pegar o táxi, ouvimos o trem chegando pela ponte em cima do ponto, e a estação estava logo à nossa frente. Tive vontade de mandar o taxista ir à merda. O desgraçado trabalhava em frente à estação e, estando embaixo do trilho, com certeza sabia que estava funcionando. O pilantra quase tinha conseguido nos deixar desesperados.

Eu e Laura tivemos que correr muito para pegar o trem. Por sorte, a estação não tinha catracas e pudemos pegá-lo a tempo.

Foi um alívio pegar o caminho de casa em um trem um pouco menos frio que a rua. A preocupação agora eram as catracas da estação de Lewisham. Só faltava agora ter que comprar passagem de trem estando a minutos de casa.

Quando chegamos a Lewisham, as catracas estavam todas abertas. Essa é a política de confiança do transporte público londrino. Algumas estações não tinham catraca ou às vezes as deixavam abertas. Os ônibus mais extensos não supervisionavam se os passageiros estavam ou não utilizando os passes.

Aquela noite foi a única vez que passei por uma catraca aberta sem pagar. E com muito alívio, devo admitir. Eu havia pago caro pelo cartão, então senti que merecia. Ficamos felizes por finalmente estarmos em Lewisham, e caminhamos para o ponto de ônibus mais próximo.

Em menos de dez minutos, Laura já havia pego o ônibus para Catford, e eu acabei sozinho no ponto. Já eram quase seis horas da manhã, e, já que o ônibus para Catford havia passado, significava que o transporte diurno já estava funcionando.

Àquela hora não havia ninguém andando na rua; nenhum carro passava e nenhum ônibus voltou a passar também. Parecia que só eu não havia conseguido voltar para casa naquela noite. O frio estava pior do que nunca, e não parecia que iria amanhecer tão cedo. Nunca senti tanto frio em minha vida.

Depois de uma hora esperando, acho que comecei a ver coisas; devia ser a mistura do sono com o frio. A rua começou a me dar medo, comecei a ver vultos e a achar que a morte viria me buscar.

É isso, pensei, *não vou sobreviver a esse frio todo*. Lembrando hoje, me parece delírio e um pouco de drama pensar assim, mas, por outro lado, lembro que notícias diziam que aquele foi o inverno mais rigoroso dos últimos mil anos. Lembro também que foi anunciado que a virada do ano foi a noite mais fria daquele ano.

Dei alguns tapas no meu rosto e um pulo para reavivar meu corpo. Desisti da porcaria do ônibus e voltei para a estação para pegar um táxi até em casa.

O taxista me cobrou muito caro, pois, além de ser madrugada, era feriado. Eu estava mal-humorado e de saco cheio de taxistas oportunistas, mas parecia ser a única forma de chegar em casa, e eu definitivamente não conseguiria andar até Brockley. Invejo Jack Kerouac por ter arrumado um taxista que lhe proporcionou seu *satori* em Paris, porque eu só andei em táxis de babacas que tentavam ao máximo arrancar meu pouco dinheiro.

É impressionante como as pessoas daquela cidade me tratavam melhor quando eu estava mal-humorado. O taxista pareceu notar que eu estava sem saco para falta de educação e foi ficando cada vez mais simpático comigo durante o trajeto. Quando me atendeu pela primeira vez ele foi bem rude, mas, como não dei brecha e estava com cara de quem queria esmurrá-lo, ele foi ficando tranquilo.

Notei que muitas pessoas são assim. Dão respeito a quem impõem respeito, e foi aí que resolvi não olhar mais para o chão, mas sim manter a cabeça erguida e ter orgulho de ser quem sou, pois só assim os *bollocks* me respeitariam.

15

> *I start rushing towards the skyline*
> *I wish that I could just be brave*
> *I must become a lion hearted girl*
> *Ready for a fight.*
> Florence + The Machine

A Sandra dizia que o início do ano é o período em que as lojas estão mais cheias, superando até mesmo o Natal. Ela disse ser por causa da liquidação dos produtos que sobraram do Natal, além de muita gente voltar às lojas para trocar seus presentes.

Naquele dia eu estava caminhando tranquilamente por Lewisham, todo equipado com agasalho, luva e uma touca da qual eu gostava muito, que tinha abas para tampar as orelhas. A rua estava mais movimentada que nunca, estava difícil de andar no meio daquela multidão.

Vi um grupo de jovens com camisas de futebol andando bêbados pela feira, gritando e chamando a atenção de quem passava. Um deles olhou para mim, ao mesmo tempo em que eu olhei para ele, e logo veio em minha direção.

Esse é o problema de olhar as pessoas nos olhos; sempre que faço isso, os loucos vêm atrás de mim. Ao mesmo tempo em que vemos a maldade nos olhos deles, eles veem a tolice na dos outros e se aproveitam disso. Deve ser por isso que as pessoas mal olham para os lados nas grandes cidades; para todo lado que você olha tem miséria e pessoas procurando uma presa fácil.

O gordo branco, loiro, de cabelo raspadinho e espinhas na cara veio em minha direção. O idiota puxou a touca da minha cabeça e disse:

– Me dá isso, seu merda!

Na hora, me surpreendi com a audácia dele em provocar alguém no meio daquela multidão toda. Mesmo assim, ninguém se preocupou em me ajudar ou impedir aqueles idiotas. As pessoas que por ali passavam continuaram suas rotinas egoístas e sua procura frenética por produtos na promoção.

Os amigos do gordo ficaram exaltados e quiseram vir para cima de mim. Foi uma fração de segundo em que pensei nisso tudo e resolvi reagir. Puxei de volta a touca antes que eles fossem embora com ela.

– Pode ficar com essa merda, idiota.

Ele soltou a touca e a força com que eu puxava fez voltar com tudo na minha cara e acertou meu nariz, que começou a sangrar. O grupo foi embora rindo.

Fiquei indignado com o quanto as pessoas desprezaram a situação. Ninguém me prestou assistência ou sequer perguntou se eu estava bem. Frustrado com a situação, fui até um policial e contei para ele o que tinha acontecido. Não que eu esperasse que eles prendessem os caras, mas achei bom avisar que aquele lugar não era tão seguro e que a segurança precisava ser reforçada. Ingenuidade dos meus vinte anos.

Depois fui até o supermercado, que estava mais lotado ainda. Mal dava para ver o chão de tão espremido que todo mundo estava. Peguei as poucas coisas de que eu precisava.

Como estava quente lá dentro, tirei meu cachecol, minhas luvas e a touca, e segurei tudo em uma mão, enquanto carregava as compras com a outra. Quando fui tirar minha carteira do bolso, notei que a touca havia caído no chão. Em menos de um minuto coloquei a carteira de volta no bolso e quando olhei para o chão, a minha touca tinha sumido.

Poxa, pensei, *as pessoas realmente querem a minha touca hoje, não é mesmo?*

Voltei para casa com frio nas orelhas e frustrado por ter perdido a touca que eu gostava muito. Além disso, tinha impedido de a roubarem em vão, já que logo depois a levaram.

Quando contei essa história para minha irmã, ela disse que achava que eram os próprios idiotas que tentaram me roubar antes que me seguiram e levaram a toca quando a deixei cair. Eu acho pouco provável, os caras mal aguentavam ficar em pé de tão chapados que estavam, não iam ter capacidade de montar essa estratégia de perseguição. De qualquer forma, aquilo me deixou um pouco inseguro. No Brasil, as pessoas assaltam e roubam geralmente porque precisam. Já esses rapazes que tentaram me roubar deviam ser melhores de vida que eu, pois usavam camisas oficiais de futebol. Eles eram violentos por puro tédio.

Na mesma semana minhas aulas voltaram, e logo nos primeiros dias meu professor falou sobre os *hooligans* e como eles eram violentos gratuitamente ou pelo fanatismo idiota por futebol.

Uma das práticas que Jeffrey nos contou me deixou arrepiado. Chamava-se Chelsea Smile e consistia em pegar um torcedor do outro time, uma faca, e rasgar os cantos da boca do infeliz. Em seguida, chutavam o saco dele com muita força, assim, quando ele gritasse, a mandíbula dele ia se separar do restante da cabeça. Tudo isso por causa de futebol.

Naquele início de ano chegaram muitos alunos novos no Athenaeus, principalmente em minha classe.

Um deles era Marcos, um brasileiro alto, branco com

olhos e cabelos castanhos. Era difícil acreditar, mas ele só tinha dezessete anos. Assim como a maioria dos estudantes quando chegam sozinhos em um país desconhecido, Marcos estava bem desorientado.

Ele havia vindo em um intercâmbio especial para menores e tinha uma supervisora que estava sempre disposta a ajudá-lo. Além disso, ele já tinha tíquetes para alguns museus e passeios, sendo que todos os dias à tarde um funcionário do Athenaeus levava uma turma de jovens para passear. Apesar de toda essa assistência, ele parecia estar meio acanhado por estar em um país diferente.

Tentei ser o mais solícito possível com ele. Quando cheguei em Londres a Laura e o Luiz me ajudaram bastante, dando dicas e conselhos sobre o funcionamento das coisas na cidade, o que facilitou bastante minha adaptação. Minha vontade era de passar isso para frente.

Foi muito bom saber que podia contar com outros brasileiros. Acabei descobrindo que o fato de sermos da mesma terra nos dá certa sensação de irmandade e pertencimento de um mesmo grupo. Isso me fez rever o conceito do depreciado "jeitinho brasileiro".

Outros alunos novos também chegaram na classe e substituíram a maioria dos antigos colegas que concluíram seu intercâmbio antes do Natal. Havia duas romenas novatas muito meigas e simpáticas, elas andavam sempre juntas e eram bem parecidas. Ambas brancas, magras, de cabelo castanho e liso. A principal diferença é que a Adina era um pouco mais alta que a Ioana, que, por sua vez, tinha os lábios mais grossos.

Outra novata romena era Valentina. Ela era muito espontânea e agitada, falava muito e gostava de mostrar suas opiniões, que eram bem argumentadas. Ela parecia um pouco com as outras romenas, mas tinha os ombros mais largos e os traços menos delicados.

Sofie era também novata na classe, era taiwanesa e tinha todos os traços de sua nacionalidade. A pele um pouco corada, olhos puxados e cabelos pretos. Ela era bem alta, se comparada com outros orientais. Tinha estilo de roqueira, mas ao mesmo tempo usava alguns acessórios um pouco infantis. Ela sempre usava saia xadrez em cima da meia-calça preta, e a maioria de seus acessórios era roxo-escuro. Ela também era uma das mais jovens da turma, tendo somente dezessete anos. Apesar de ser jovem, demonstrava ser muito madura para sua idade. Interessava-se por economia, política e estava sempre atenta ao que acontecia no mundo.

Por último, mas não menos importante, Stefanie era uma garota alemã que tinha a mesma idade que eu, dezenove anos. Ela era branquinha, com sardas no rosto, cabelos ruivos e lisos. Usava franja, óculos e roupas que davam a impressão de delicadeza, mas com um ar descolado. Ela não era muito alta e também não muito magra, mas não chegava a estar acima do peso. Era meiga e simpática, além de parecer inteligente. Gostei dela logo de início.

Na primeira conversa que me lembro de ter com a Stefanie, falei que ela parecia muito com a cantora brasileira Rita Lee nos anos 1960, quando ainda fazia parte da banda Os Mutantes. Ela se interessou pela cantora e pela banda, e disse que assim que chegasse em casa iria procurar na internet. No dia seguinte ela me disse que gostou muito das músicas que recomendei e admitiu que tinha bastante semelhança com a Rita Lee quando jovem. A partir daí começamos a ficar amigos.

Stefanie tinha vindo a Londres para, além de estudar inglês, fazer uma espécie de estágio curricular em uma biblioteca da cidade. Pelo que entendi, ela cursava Biblioteconomia na Alemanha e veio ter um pouco mais de experiência prática e aprimorar o seu inglês, que já era praticamente fluente.

Montamos um pequeno grupo de solitários tentando oferecer conforto mútuo. Muitas vezes, era bom andar sozinho por Londres, mas em alguns momentos sentia falta de companhia. Quando você está longe do seu ninho, sem sua família e seus amigos, parece que as novas amizades crescem de forma mais rápida e os problemas semelhantes que enfrentamos fazem com que os laços se estreitem.

Foi assim que eu, Stefanie, Marcos e Sofie nos tornamos mais próximos. Estar com eles era sempre bom. Todos os dias, encontrávamos Stefanie ao fim do seu dia de trabalho na biblioteca e íamos a algum lugar da cidade. Andar. Conversar. Contemplar. Festejar a falta de compromisso que só estando onde ninguém nos conhece pode nos proporcionar.

16

Dear catastrophe waitress,
I'm sorry if the kids hold you in cool disregard
I know it's hard.

Belle & Sebastian

China Town foi um dos primeiros destinos de nossas andanças. Sofie queria muito conhecer o lugar, e a região estava no topo de sua lista de passeios que devia fazer nos quatro meses que ficaria em Londres. A jovem taiwanesa era extremamente organizada, chegava a ser uma pequena obsessão.

Acho que isso deve ser comum entre taiwaneses e chineses. Ela me disse que era uma necessidade ser organizada, caso contrário não daria conta da sua rotina de estudos, que era bem pesada. A colega era tão acostumada a estudar muito que se entediava com curso no Athenaeus. Ela não era a única, mas a diferença é que ela se indignava.

Para que não se esquecesse de visitar nenhum lugar importante, Sofie tinha um guia turístico de Londres. Ela fez uma lista das suas prioridades e uma agenda de passeios. Todos os dias, abria sua agenda e riscava seus compromissos cumpridos, que eram muito bem detalhados.

A parte mais decorada de China Town era bem menor do que eu esperava, porém muito bonita. O calçadão principal tinha um grande arco oriental vermelho na entrada, criando uma espécie de portal. Nos cantos havia luminárias redondas cobertas de papel de arroz. O restante da rua também seguia essa linha, com iluminação e ornamentos orientais nas cores vermelho e dourado.

Demorei um tempo para me dar conta de que os animais pendurados de cabeça para baixo nas vitrines dos restaurantes eram patos. Uma forma pouco atrativa de mostrar o cardápio. Tinham outros animais pendurados e sem pele, os quais não consegui identificar.

Entramos em um dos poucos que tinha um cardápio com preços na entrada, para não correr o risco de a conta acabar saindo mais caro que esperávamos.

O restaurante era bonito e pequeno, com vários desenhos orientais nas paredes. Tudo era em tons pastel e as cortinas na entrada deixavam pouca luz entrar, dando uma sensação agradável de entardecer. Assim como a maioria dos restaurantes chineses, tinham várias mesas redondas com um círculo de vidro giratório acoplado, para que todos pudessem se servir dos pratos na mesa.

Depois de termos escolhido uma mesa, nos sentamos nós quatro: eu, Marcos, Stefanie e Sofie. Cada um fez seu pedido ao garçom mal-humorado, e eu quis a princípio pedir somente uma porção de rolinhos primavera e arroz. O garçom não aceitou, dizendo que cada cliente devia fazer um pedido de no mínimo dez libras. Aquilo não me deixou satisfeito, mas para que aquilo não estragasse o prazer da refeição, aumentei o pedido para completar a cota exigida.

Nossa colega taiwanesa nos contou que não era costume da cultura chinesa cada um pedir o seu prato e comer separadamente, mas sim todos dividirem os pratos na mesa; essa era a finalidade do vidro que gira sobre a mesa. Resolvemos que seguiríamos a tradição, mas no fim das contas cada um acabou comendo seu prato mesmo.

Enquanto almoçávamos, Sofie nos contava algumas coisas sobre a cultura chinesa. Ela nos disse que não era problema fazer barulho enquanto se comia sopa. Na verdade, era uma demonstração de que ela estava saborosa.

– Nunca generalizem taiwaneses e chineses – Sofie nos recomendou.

Pelo que ela disse, poderia ser inconveniente confundir ou misturar os dois como uma nacionalidade só. Ela mesma ficava irritada quando faziam isso. Segundo nos contou, havia muitas diferenças culturais e políticas essenciais, e até mesmo a forma de falar o chinês também variava.

Quando terminamos e pedimos a conta, o garçom, mal-humorado, jogou-a em cima da mesa com má vontade. Sofie nos garantiu que aquilo não era comum nos restaurantes chineses e que geralmente ela era muito bem atendida. Realmente não era comum, outros restaurantes que frequentávamos em Lewisham nos atendiam muito melhor.

Em seguida, o garçom pegou nosso dinheiro na mesa e disse:

– Não aceitamos moedas de baixo valor.

Foi esse o momento em que me irritei de fato. Já havíamos sido muito mal atendidos e não havíamos feito nenhuma reclamação. Senti que minha resolução de me impor devia começar a fazer efeito.

– Se não aceita deixa aí na mesa ou doe esse dinheiro, mas não vou trocar as moedas, porque é um direito do consumidor. Pagamos da forma que quisermos – respondi.

Restou um silêncio tenso por alguns segundos. O garçom fez uma cara de quem chupou limão e juntou o dinheiro.

Quando saímos do restaurante, Stefanie comentou:

– Ainda bem que você falou aquilo; eu não saberia o que dizer. Mas realmente é um absurdo.

Fiquei feliz por ter me posicionado e não ter sido passivo perante algo que me incomoda. Quando perco uma chance de defender meus direitos costumo me sentir mal, um pouco humilhado.

Voltei para casa cantarolando *Don't Say Nothing*, de Patti Smith. Vou ficar bem, vou fazer algo. Vou encarar o fato e responder. Vou fazer alguma coisa, não vou segurar minha língua. Não vou segurar o pensamento. Bem, eu vou fazer algo.

A partir daquele mês comecei a gostar mais de Londres. Havia uma frase de um poeta pregada em uma parede do Athenaeus que dizia: "se você está cansado de Londres, está cansado da vida". Estava começando a acreditar naquilo.

Naquele mês, eu também comecei a sentir uma das melhores sensações de estar em um país diferente, a sensação de que o mundo é grande e repleto de oportunidades. Problemas na universidade que haviam me desgastado no fim do ano anterior, quando ainda estava no Brasil, agora pareciam insignificantes. Inimizades e pessoas que me afetavam antes pareciam estar infinitamente distantes. Esperava manter essas sensações pelo máximo possível, estar ciente das chances de me distanciar disso tudo e nunca mais voltar a me preocupar.

17

Let's have a round for these freaks and these soldiers
A round for these friends of mine
Let's have another round for the bright red devil
Who keeps me in this tourist town.

JONI MITCHELL

Algo que sempre me incomodou são as poucas possibilidades das cidades interioranas onde vivi a maior parte de minha vida. Sempre encontramos as mesmas pessoas, principalmente os nossos vizinhos enxeridos preocupados em ver nosso quintal por cima do muro e assistir às nossas vidas como uma novela. Por isso, conhecer pessoas novas de todo o mundo e fazer novas amizades também estava me fazendo muito bem.

O grupo que havíamos formado crescia. Por intermédio de Stefanie, conhecemos Jasmin, que também era alemã. Ela era branquinha, loira, de cabelos curtos. Era muito doce, mas disse em uma conversa que fez muitas besteiras quando era adolescente e, pela sua forma de ver o mundo, imaginei que tivesse sido uma jovem bem doida.

Murat era um colega da Argélia. Ele era alto, gordo, de cabelo raspado e pele parda. Usava óculos e frequentemente vestia uniforme militar, não por ser um, mas por gostar de usá-lo. Murat estudava o dia inteiro para passar no teste de língua inglesa do IELTS e fazer mestrado na Inglaterra. Ele era muito afetuoso; gostava de nos abraçar o tempo todo. De forma alguma isso parecia uma atitude "sexualizada", mas ainda assim algumas pessoas estranhavam.

Abdel era outro colega que entrou na nossa turma e, por ser amigo de Matteo, eu já o conhecia. Ele era um turco islâmico muito simpático e bastante politicamente correto. Já estudava no Athenaeus, mas havia mudado naquele mês para nossa sala. Assim como Murat, estudava para a prova de proficiência para fazer mestrado.

Quando formamos esse grupo, que, apesar de parecer tão heterogêneo, dava-se muito bem e tinha muito em comum, começamos a passar o máximo de tempo possível juntos. Fizemos vários passeios turísticos a museus, parques e lojas que Sofie tinha listado em sua agenda de visitas.

Um dos dias mais marcantes foi quando fomos ao Buckingham Palace. Estávamos eu, Stefanie, Murat e Sofie. Nosso entusiasmo por estarmos juntos era tão elevado que fazíamos piada o tempo todo. Murat provocava Sofie ao fingir que falava chinês balbuciando coisas sem sentido, e ensinávamos palavrões e gestos uns aos outros em nossos idiomas, rindo do mau humor dos ingleses.

Estávamos caminhando de Vitoria Station para o Buckingham Palace, em uma rua que fica na lateral do palácio. Ali, havia muitos turistas e nativos, cafés, lojas de suvenir e um belo hotel, que estava em reforma. Todas as pessoas que passavam estavam tão sérias que chegavam a ter o rosto cinza.

Em certo momento, Murat estava tão empolgado que pediu que Stefanie subisse em seus ombros. Quando ela perguntou o motivo do pedido, ele respondeu:

– Sei lá, só por diversão!

Ela aceitou. Afinal, todos nós estávamos curiosos por saber como os transeuntes recalcados iriam reagir. Lá fomos nós ajudar a pequena Stefanie a subir nos largos ombros de Murat.

Sofie, como toda oriental que se preze, tirava fotos da nossa empreitada.

Como esperado, todo mundo que andava na rua olhava para a besteira que estávamos fazendo. Sentimo-nos as Spice Girls no clipe de *Wannabe*, causando alvoroço na alta sociedade britânica.

No fim de um dia cansativo, sempre íamos a algum pub tomar uma cerveja e terminar o dia batendo papo. Nas sextas-feiras íamos ao Market Tavern encontrar com o pessoal do Athenaeus. Quase sempre estava cheio nas sextas e era uma ótima oportunidade também para conhecermos pessoas novas, pessoas de todo canto do mundo. Era uma energia ótima, todas as pessoas pareciam intercssadas em conversar e abertos a conhecer novas culturas.

Lembro-me do primeiro dia que levamos Stefanie lá. Foi um dos dias mais cheios, e todos os nossos amigos estavam lá. Bebemos bastante; resolvemos provar todos os sabores de vodca. Stefanie e Jasmin começaram a discutir as diferenças dos alemães do oeste e do leste do país, sendo que cada uma era de um lado. Cada um tinha um estereótipo. Stefanie era do lado leste e admitia que eram um pouco mais fechados que os do outro lado. Ela aceitou quando Jasmin disse que daquele lado eles eram um pouco mais ligados a impressões à primeira vista. Jasmin acabou aceitando também o estereótipo de que no seu lado as pessoas eram mais extremistas.

Conheci um rapaz que também era alemão; ele se chamava Marvin. Era alto, quase do meu tamanho, corpulento, loiro e de olhos verdes. Usava o cabelo espetado com gel e vestia uma jaqueta de couro, estilo *bad boy*. Marvin gostava de ficar próximo de nós, na mesma roda de conversa, mas muitas vezes ele não falava nada, só observava em silêncio. Como não falava inglês muito bem, eu tinha um pouco de dificuldade de conversar com ele. Mas ainda assim gostava da companhia dele.

Já Stefanie dizia que ele era um pouco estranho e que não entendia por que nunca falava com ela em alemão. Discordei dela. Afinal, a única coisa que achei estranha nele era que ele sempre nos dava dinheiro e pedia para comprarmos bebida pra todo mundo. Depois descobri que ele tinha dezessete anos, por isso nunca pedia a bebida diretamente no bar.

Stefanie ficou bêbada muito rápido e me disse cochichando:

— Essa é minha primeira festa aqui.

— Aqui no Market Tavern, né? — perguntei, mesmo supondo a resposta.

Ela me surpreendeu ao responder seriamente e um pouco envergonhada:

— Não, na vida!

Fiquei surpreso e intrigado.

— Mas nem a aniversários ou casamentos você já foi?

— Sim, mas era diferente. Eram mais como pequenas reuniões, sem música alta nem gente dançando.

Fiquei imaginando o quanto aquilo era diferente da minha realidade. Nós éramos tão parecidos em muitos aspectos, gostávamos das mesmas coisas, mas por outro lado tínhamos vidas tão diferentes.

Ali definitivamente era diferente do que ela estava acostumada; todo mundo, inclusive ela, estava dançando. Era uma graça a forma como ela dançava, um pouco desengonçada e discreta, como quem não está acostumada com isso. Algumas outras pessoas não eram tão discretas. Um francês conhecido nosso estava dançando Michael Jackson em um ritmo frenético; parecia que haviam apertado um botão para acelerá-lo. Ele se sacudia ao ritmo da música, suava, chegando a virar os olhos.

Todo mundo no segundo andar parou para vê-lo dançar e gritou para incentivá-lo. Ele se empolgou mais ainda e desceu correndo para o primeiro andar, que dava para ser visto do segundo e ainda tinha mais luzes na pista de dança. Lá embaixo, ficou mais frenético, enquanto todos gritavam e o aplaudiam. Mal dava para assimilar seus movimentos cômicos.

Sofie, vendo aquilo, me disse:

– Me contaram que franceses têm autoestima elevada. Pelo visto é verdade.

Não sei se todos tinham, mas aquele rapaz ao menos não se preocupava com o que pudessem dizer dele. Certo ele.

18

It's ok if you can't stand to let him dance
It's ok it's your right come on and take a chance
To romance when you dance
Free!
Cat Power

O final de janeiro, meu segundo mês em Londres, foi marcado pela despedida dos meus amigos brasileiros. A maioria deles voltou para casa ou foi viajar pelos países europeus. Despedir-me deles não era tão difícil, a maioria morava relativamente perto da minha cidade natal, então seria fácil revê-los.

Fizemos uma grande despedida no Market Tavern para o Luiz, a Laura e o Marcos. Era uma quinta-feira, e todas as quintas eram noite do *reggae* no pub. O DJ usava uma camisa da Jamaica e soube dosar bem as músicas, alternando o estilo da noite com algumas musicas *pop* dançantes que deixaram a noite bem animada.

Em um momento da noite ele disse ao microfone:

– Nunca vi esse lugar tão animado! Isso tudo porque é despedida de vocês, que fizeram essa noite especial, *man* – ele falou com forte sotaque jamaicano.

Todo mundo bebeu muito e o lugar estava cheio de convidados da despedida, o que fez com que até os outros fregueses do pub comemorassem conosco. Houve um momento em que as garçonetes subiram no balcão para dançar e muitas outras garotas subiram também.

– A gente tem que colocar a Laura lá em cima! – dei a ideia.

Carregamos a Laura, que relutou de início, mas acabou cedendo. Colocamos ela em cima do balcão.

Uma garota branquinha, baixa, bem magra e muito bêbada também subiu no balcão para dançar. Ela olhava para as garotas ao seu lado e parecia não gostar do que via. Mesmo assim, se esforçava para dançar de forma mais sensual o possível.

Notei o que estava acontecendo com a garota magra. Ela estava complexada. As outras garotas, principalmente as latinas, tinham cinturas finas e o corpo em formato de violão. Já ela, era bem reta, mas isso não fazia dela uma mulher feia.

A noite foi divertida, com muita gente dançando e caindo no chão, mas sem problemas graves. Tirando a frustração da magrinha, e o fato de que o celular da Laura foi roubado durante a festa.

Fui embora com o Marcos, e na saída, do lado de fora do Market Tavern, a garota magra nos chamou. Ela se apresentou, disse que era polonesa e foi direto ao assunto:

– Vocês acham que uma garota pode ser bonita mesmo sem ter seios nem bunda grandes?

Ela estava chapada.

– Claro, você pode ser bonita do jeito que você quiser! – respondi.

Foi uma resposta ridícula e clichê, mas eu só queria confortar a garota. Logo que eu disse isso, ela me abraçou. Fiquei com a impressão de que havia dito tudo o que ela mais queria ouvir naquele momento.

Continuamos conversando sobre padrões de beleza, e ela afirmando que a mulher também tem que ser inteligente, elegante, e outras de suas frustrações. Mas as perguntas não paravam por aí:

– Vocês acham que garotas polonesas são fáceis de levar pra cama? – ela perguntou, mais direcionada ao Marcos, com claras segundas intenções.

Ele não pareceu perceber a insinuação da garota, que também não parecia ter se dado conta de que cantava um rapaz ingênuo, quase dez anos mais novo que ela. Afinal, o Marcos não parecia ter só dezessete anos.

Eu achava que esse complexo de mulher fácil era coisa de brasileira. Nunca tinha ouvido isso antes sobre as polonesas. Talvez tenha sido só uma forma que ela encontrou de levantar o assunto.

Quando o papo acabou, ela disse para o Marcos:
– Para onde vamos agora?
– Eu vou pra casa, vou viajar amanhã – ele respondeu, sem parecer perceber que a pergunta da garota era um convite.

Ela ainda insistiu e jogou mais algumas indiretas falando sobre o quanto era ousada, mas não surtiram efeito.

Eu inventei a desculpa que já estava no horário para o próximo ônibus e me despedi. Marcos veio comigo até o ponto de ônibus. Quando nos despedimos da menina magra e decepcionada, ele disse:

– Que garota mais louca. Cada coisa que ela falou...
– Você realmente não notou que ela estava interessada em você? – perguntei.
– Não mesmo. Achei que ela estava era triste por conta de ser magra. Como vou adivinhar o que essas mulheres pensam?
– É complicado. Bem-vindo à maturidade, meu caro.

19

I just wanna go back hold on to the way that I was
Cuz you took away all my young life
And I hate who I've become.
Haim

Meus pais decidiram vir me visitar em Londres, e eu estava ansioso pela chegada deles. Havia dois meses que não os via, então já tinha dado tempo de sentir saudade, mas não tempo suficiente de me acostumar com a falta deles, por isso aquele era o melhor momento para a chegada dos dois. Além disso, era mais ou menos a metade da minha estadia no país.

Fiz reservas no hotel em que Ioana e Adina, minhas colegas quase gêmeas romenas, moravam. Elas foram muito solícitas e me levaram lá para conhecer o lugar. A estadia era por semana e os quartos eram simples. Tinham uma cama de casal, um armário, uma mesa e uma pia. Havia um aquecedor para o prédio inteiro, bem potente, que ficava ligado todo o tempo, então eles não precisariam de cobertores. Os banheiros e a cozinha eram divididos entre alguns quartos, mas tudo parecia estar sempre limpo. O lugar era ok, os corredores de carpete e o quintal também eram bacanas. Senti até vontade de mudar para lá; o preço era quase o mesmo da estadia na Sandra. Mas, pensando bem, a companhia da Sandra era boa, além de ela preparar ótimos jantares.

No dia que meus pais chegaram, fui à estação de Lewisham e comprei passes para todas as regiões do metrô. O esquema do metrô londrino era dividido por regiões, sendo a central a número um e a mais periférica a número seis. Lewisham ficava na região número dois e o aeroporto de Heathrow, na região seis. Era fácil chegar ao aeroporto de metrô, só era um pouco demorado.

Eu mal podia esperar para mostrar para meus pais tudo que eu conhecia em Londres, apresentar meus amigos e mostrar que eu aprendi a viver em uma cidade incomparavelmente maior que a que vivíamos.

Fiquei um bom tempo esperando no portão de desembarque. Cada pessoa que passava pelas portas eu achava que seriam eles.

Dei algumas voltas no aeroporto enquanto esperava. Reparei o quanto eu havia mudado desde a última vez em que estivera ali. Era como se naquele dia eu me lembrasse da primeira vez que tinha ido à escola e risse do meu jeito amedrontado quando criança.

Finalmente, quando eles chegaram, eu me aquietei. Ver o rosto calmo dos dois era muito tranquilizante. Parecia que meus problemas estavam todos resolvidos.

Meu pai tem estatura mediana, um ex-gordo (a natação o fez perder bastante peso) com cabelos e barbas grisalhos bem lisos. Ele é extremamente branco; até mesmo ali na Europa sua alvura se destacava.

Ele tem olhos verdes que eu não consegui herdar, mesmo comendo muita verdura – o que, segundo minha mãe, me faria ter olhos iguais aos dele. Só descobri que comer verdura não me daria olhos verdes quando estudei genética no ensino médio.

Ainda bem que me dei conta de que só era mais uma das formas da minha mãe me manipular, algo que ela consegue fazer até hoje.

Minha mãe é muito bonita. Não digo isso só por ela ser minha mãe, mas por ter mais de cinquenta anos e parecer uma bela jovem de trinta. Ela é alta e magra, não tanto quanto ela gostaria, mas é magra.

Fui ao encontro deles ainda no corredor de chegada e os abracei e beijei. Minha mãe me disse:

– Não reparou nada de diferente em nós, não?

Não fazia a menor ideia, mas resolvi arriscar:

– Cortaram o cabelo?

Mas não era isso; na verdade, eles estavam sem as malas, que haviam se extraviado. Chegaram somente com a roupa do corpo e a pequena mala de mão.

O que eu achei mais estranho disso tudo era como minha mãe estava calma. Em outras circunstâncias, ela estaria tendo um colapso nervoso, imaginando para onde suas coisas haviam ido.

A empresa havia dito que no máximo em 48 horas já teriam enviado as malas para o local onde eles se hospedariam ou, caso não as encontrassem, dariam uma mixaria em dinheiro.

Pegamos o metrô e fomos em direção ao hotel. Eles queriam descansar e conhecer o lugar em que se hospedariam antes de andar pela cidade. Enquanto passávamos pelas estações, ouvi minha mãe cochichar no ouvido do meu pai, zombando:

– Olha como ele tá sério e apressado.

– É, acho que essa cidade deixou ele assim – respondeu meu velho.

Sempre gostei muito de conversar com meus pais, eles tem a mente muito aberta e não são presos às ideias de sua geração. Eles foram muito liberais também, por isso nem os associo com a ideia de repressão.

Seria muito mais dramático e talvez interessante se contasse aqui que fugi para a Inglaterra porque meus pais não queriam me deixar viajar ou ser escritor, mas a verdade é muito mais simples: eles queriam que eu viajasse e apoiam e acreditam em tudo que eu quero para a vida.

Fiquei feliz de ver que eles gostaram do lugar que escolhi para passarem a temporada; minha mãe achou tudo muito prático e tranquilo. Havia uma grande quantidade de muçulmanos hospedados no local e por volta das dezessete horas muitos deles rezavam. Rezavam gritando. Muito alto.

As orações eram os menores dos nossos problemas. Tivemos que andar por Lewisham à procura de itens como escovas de dente, toalhas, lençóis, roupas de que meus pais precisariam até que as malas chegassem. Resolvi ir até o quarto das amigas romenas para pedir xampu emprestado, para que meus pais pudessem tomar banho.

Desci as escadas e reconheci a porta das meninas pelo desenho de uma flor junto ao número do quarto. O desenho combinava com elas.

Elas foram muito prestativas e, em vez de me emprestarem um xampu, me deram um kit com xampu, condicionador e sabonete. Disse que não precisava daquilo tudo, mas elas insistiram para que eu levasse.

Meus outros amigos queriam conhecer meus pais, principalmente Stefanie. Marcamos então de jantar todos juntos, e Abdel sugeriu um restaurante turco próximo a Catford.

O restaurante era simples. Sentamos em uma mesa próxima à entrada e vimos que havia muitas mesas, um pouco próximas demais uma da outra. Uma parte do que era preparado era feito em um balcão que estava logo atrás de nós. O restaurante estava vazio, pois ainda era cedo.

Nesse dia fomos com meus pais, Stefanie, Sofie, Abdel e Valentina. Além dos amigos, foram dois professores, Jeffrey e Kwanda. Jeffrey lecionava para a nossa turma, enquanto a outro eu conhecia por já tê-la visto algumas vezes no Athenaeus, além de que Matteo me falava muito dela.

Ela era negra, de cabelos longos arranjados em pequenas tranças. Era bem baixa e tinha os ombros largos. Só pelo jeito de falar dava para notar que era espontânea e bem-humorada. Tive a sorte de sentar ao lado dela naquela noite; me divertia com as coisas que ela dizia. Como pedir ao garçom:

– Quero um café como eu: preto, forte, doce e quente.

No Athenaeus, ela sempre chamava os alunos para passear em museus, mas na verdade levava todos para um pub e passava a tarde tomando cerveja.

Naquela ocasião eu ainda não sabia, mas descobri recentemente que Kwanda é uma artista completa. Ela faz esculturas, cerâmica, desenhos e poemas. Faz belas esculturas em pedras com o dobro do seu tamanho. Uma artista que possui uma alma visionária.

Ioana e Adina logo se juntaram a nós, e a mesa ficou lotada. Minha mãe não falava inglês, então eu tinha que traduzir para ela o que dizíamos. Já meu pai sabia bem o idioma e contava suas piadas de professor ao Jeffrey.

Antes de vir nosso pedido, veio uma entrada e logo encheram a mesa de pães, massas que pareciam pizza e patês deliciosos. Como eu estava com fome, comi aquilo com vontade e ainda achei que eram os pratos que havíamos pedido, pois não sabia a diferença.

Surpreendi-me quando os pedidos de fato chegaram. Não imaginava que era tudo aquilo. Eu já estava satisfeito só com a entrada.

Sofie e Stefanie brincavam dizendo que estavam comemorando aniversário de um mês de amizade. Como as conheci na mesma época, resolvi entrar na brincadeira também. Nós três tínhamos nos tornado muito próximos naquele mês. Stefanie iria embora em poucas semanas, e eu já sabia que sentiria muita falta dela. De todos os amigos que fiz naqueles meses, ela sem dúvida se demonstrou como a mais afetuosa e atenciosa.

Não demos conta de comer quase nada dos nossos pedidos; a entrada tinha sido absurdamente farta. Pedimos para embrulhar o que havia restado, respeitando a cultura do não desperdício, que Abdel nos ensinou ser um dos princípios do islamismo.

20

> *History sends us such strange messengers*
> *They come down through time*
> *To embrace to enrage.*
> PATTI SMITH

Os dias em que meus pais me fizeram companhia em Londres foram ótimos. Eu com certeza me sentia mais seguro na companhia deles. Levei os dois para visitar a National Gallery, que é um dos meus locais favoritos em Londres. Levamos praticamente uma tarde inteira visitando; gosto de sentar e assistir ao quadro como se fosse televisão, contemplando a cena estática.

Foi exatamente o que aconteceu quando reparei no quadro de Paul Delaroche, *The Execution of Lady Jane Grey*, que foi o que mais tomou meu tempo. Dava quase para sentir a agonia e ansiedade inocente da jovem de mais ou menos dezesseis anos que, vestida de branco e com os olhos vendados, está a minutos de ser decapitada. Ela está ajoelhada, se posicionando para colocar a cabeça no bloco de madeira para que ela seja cortada. Um conde vestido de preto e com uma manta amarelada gentilmente orienta a jovem vendada a se posicionar, e ela por sua vez está tentando apalpar o que está a sua frente. Há certa ironia na preocupação em instalá-la confortavelmente antes de executá-la.

Um lugar que eu ainda não havia visitado e estava ansioso por conhecer era *Stonehenge*. Pegamos uma excursão com um grupo de turistas guiados de ônibus por um motorista animado que falava piadinhas no microfone o percurso inteiro até o local. Coloquei fone de ouvido e escutei música durante o trajeto, mas reparei que ele disse que se o entregássemos gorjetas em suas mãos ele ficaria ofendido.

Ok, pensei, *sem gorjetas*.

Chegamos a *Stonehenge*, e a planície estava congelando. Não nevava, mas tinha uma garoa e um vento gelado. Onde paramos ainda não dava para ver as pedras, tomamos um café e aguardamos o guia que levaria a próxima turma. Foram nos entregues fones de ouvido com um áudio que contava a história e curiosidades do local.

Quando caminhamos e nos aproximamos das pedras, fiquei feliz em avistá-las. A distância permitida era muito grande, mas não sei se por imaginação ou por magia, dava para se sentir o ar místico e misterioso do lugar. O segredo dos motivos e a possível utilidade ritualística do lugar é o que dá graça às pedras empilhadas em círculo.

Parece-me uma espécie de portal. Acho que ele levaria a Avalon, o mundo das fadas, à Idade do Bronze contada por Cornwell, ou coisa parecida. Ou talvez levasse a uma festa bacana repleta de druidas, pagãos, ou *hippies* mesmo.

O vento que batia em nosso rosto até doía, mas insistimos em dar voltas em torno das pedras. Eu gostaria de estar lá para ver o sol se por ou nascer entre as pedras, mas acho que congelaria nesses horários.

Voltamos ao ônibus e fizemos nosso trajeto de volta ao som das curiosidades contadas pelo motorista. Não prestei atenção em nenhuma delas. Acho que estava distraído com a paisagem.

Quando chegamos a Londres, o ônibus nos deixou em Trafalgar Square. Na hora que descemos, o motorista estava com um chapéu na mão e comentou:

– Não gostaram do passeio, não?

– Sim, claro – eu respondi, só para não ser inconveniente.

– Então por que não deixa a gorjeta? – perguntou ele, mostrando o chapéu.

– Você aceita gorjeta?

Quis me certificar, já que ele tinha dito que ficaria ofendido se recebesse; não queria correr o risco de levar um tapa na cara. Ele já não estava mais tão engraçadinho e parecia estar estressado.

– Se tiver gostado do passeio... – tornou ele, de forma um pouco hostil.

Tirei alguns trocados da carteira e, quando ia entregá--los, ele colocou o chapéu na frente, demonstrando que não queria tocar no dinheiro. *Entendi*, pensei, *ele aceita gorjetas; só se ofende caso for entregue em mãos*. No chapéu não tinha problema.

Voltando para casa passamos em frente à Parliament Square, a qual fica em frente ao Parlamento e ao Big Ben. Sempre que passava em frente à praça, via barracas e placas de protestos com diversas motivações. Nesse dia em especial, ela estava mais cheia, havia placas protestando contra redes de supermercados. Pelo que entendi, ficava impossível para os pequenos comerciantes competir com tantas franquias de mercados abrindo em cada esquina. Por isso, eles pediam algumas medidas governamentais que favorecessem os pequenos negócios.

Outros protestos eram feitos no mesmo local contra a Guerra no Iraque. Muitas vidas já haviam sido perdidas, e naquele momento a guerra já se estendia por sete anos.

Os protestos na Parliament Square eram geralmente pacíficos e naquele espaço era permitido esse tipo de manifestação. Era a forma que aquelas pessoas tinham de dialogar com o seu governo.

A minha paciência com o funcionamento do Athenaeus estava diminuindo cada vez mais. A recepcionista que gritava agora ficava no andar de baixo, na recém-inaugurada recepção. Nem por isso ela parou de gritar; o lugar era passagem obrigatória para os estudantes entrarem na escola, então estava sempre movimentado.

Meus pais me aguardavam ali alguns dias e fiquei preparado para o caso de ela os tratar com falta de educação, ainda mais se não entendessem o que ela dizia. Eu já tinha planejado vários diálogos mentais e possíveis respostas se isso acontecesse.

Com os outros funcionários também não era muito diferente. Até pedidos simples, como pagar nossa estadia, eram atendidos de forma rude e impaciente.

Havia uma funcionária em especial que eu adorava. Ela era alta e tinha os cabelos grisalhos que iam até seus ombros. Era responsável por renovar mensalmente minha estadia na casa da Sandra e estava sempre bem-humorada.

Helen, a coordenadora, também não me tratava mal, mas não conseguia deixar de reparar que ela não agia da mesma maneira com todos os alunos. Acho que, por ter trabalhado com ela na inauguração e ter dado tudo certo, consegui impor um pouco de respeito.

Para que nosso visto no país continuasse vigorando, tínhamos que comparecer às aulas. Por isso, éramos constantemente questionados sobre onde estávamos e o que havíamos feito nos dias em que nos ausentávamos. Era quase como se tivéssemos cometido um crime e estivéssemos em regime semiaberto.

Caso não comparecêssemos por um período médio de cinco dias, éramos convocados pela embaixada de nosso país, pois eles supunham que pudéssemos estar trabalhando em período integral, o que não era permitido.

Foi o que aconteceu com Murat. Ele recebeu uma ligação da embaixada da Argélia pedindo para comparecer naquele mesmo dia com urgência. Sequer imaginamos que o seu problema seriam as faltas, porque além de comparecer a todas as aulas da manhã, ele ainda era assíduo às suas aulas da tarde, que eram aulas especiais preparativas para exame de proficiência em inglês.

Quando Murat explicou que era impossível o que estavam alegando, a Embaixada entrou em contato com o Athenaeus, que argumentou tê-lo "confundido com outro aluno".

O último lugar ao qual levei meus pais foi a St. Paul Cathedral. Logo na entrada, já ficamos maravilhados com as colunas, a escadaria e a fachada branca da catedral. Se olhássemos para cima, dava para ver o formato arredondado da abóbada. Em cada lado, há uma torre. Na da direita tem um relógio grande; na da esquerda, uma janela redonda na mesma altura.

Para a compra de ingressos havia uma fila, em seguida apresentação de carteirinhas de estudante e, por fim, nos entregavam o mapa da catedral. O espaço era muito amplo e o interior se destacava pela quantidade de cores e de ouro. O piso era brilhante, com losangos pretos e brancos.

O guia nos levou até o topo da abóbada e, após subir um grande lance de escadas, dava para ver o interior da catedral de cima.

Tudo muito bonito, mas com certeza preferi a obscura Brompton Oratory, minha igreja favorita. Eu a visitava sem precisar de filas nem ingressos sempre que eu queria. Talvez aquela quantidade de turistas e a visita guiada apressada tornassem St. Paul Cathedral um lugar um pouco sem graça.

Na abside da catedral há uma homenagem aos norte--americanos que morreram na Segunda Guerra Mundial. Nessa homenagem, feita em 1958, estão listados mais de 20 mil nomes, e o monumento é todo ornamentado com muito ouro.

Antes de sairmos, minha mãe soltou um comentário que parecia estar segurando há muito tempo:

– É aí que foi parar o nosso ouro.

21

Are you goin' to Scarborough Fair?
Parsley, sage, rosemary, and thyme
Remember me to one who lives there
She once was a true love of mine.
SIMON & GARFUNKEL

No dia que meus pais foram embora, evitei fazer qualquer tipo de drama e agir como o homenzinho que eu havia me tornado.

Eles haviam passado quase duas semanas comigo e tivemos tempo suficiente para visitar todos os lugares que eu mais gostava da cidade: Candem Town, Portobello, Greenwish, Soho, Abbey Road, King's Cross, Picadilly e vários museus.

Meus amigos quiseram me encontrar nos dias seguidos aos que os meus pais foram embora. Notei um pouco de preocupação da parte deles em não me deixarem sozinho, o que me deixou até um pouco comovido.

Era também a última semana de Stefanie em Londres, e fomos fazer um *tour* por seus locais favoritos da cidade, que eram principalmente feiras e mercados.

Primeiro, fomos ao Covent Garden Market, que ainda não conhecíamos, exceto a Stefanie. Logo na entrada do mercado havia uma grande movimentação de pessoas, mais do que dentro do mercado propriamente dito. Ali, alguns artistas faziam algumas apresentações engraçadas ou intrigantes. Um homem de terno sentado em uma cadeira fingia não ter cabeça. Outro homem, somente de sunga e com o corpo todo pintado de prateado, fazia uma dança frenética. Senti pena daquele homem, e no mesmo instante Stefanie disse o que eu estava pensando:

– Se nós que estamos cheios de agasalho ainda sentimos frio, imagina aquele cara quase pelado.

Quando entramos na parte coberta do mercado, reparei na sua construção. O ambiente era amplo, tinha um andar abaixo do térreo e, quando se olhava para cima, o teto de vidro em formato redondo me lembrava uma estufa de plantas. Por dentro, ele lembrava uma estação de trem. A estrutura toda era de pedra cinza.

Passamos por lojas de artigos variados. Uma delas era só de chás, todos os tipos de chá que se pode imaginar. Outra loja era de artigos para marinheiros: binóculos, bússolas, roupas e miniaturas de barcos.

Uma das lojas deixou Sofie e Stefanie alvoroçadas, era uma doceria com vários tipos de bolinhos, pirulitos e doces coloridos, a maioria rosa e azul-claro.

Em uma parte com algumas mesas e lanchonetes havia uma cantora de ópera cantando. Ela tinha uma ótima voz e vendia ali seus CDs. Ali mesmo, em Covent Garden, viam-se muitos músicos, mas cantor de ópera de rua era a primeira vez que eu via. Era bem condizente com o estilo do mercado, que, em vez de ser descolado como alguns outros da cidade, parecia ser mais clássico.

Aquela cena da cantora de ópera entretendo os clientes remetia também às origens do mercado, que surgiu no século XVII e funcionou primeiro como um mercado de verduras, aos poucos se agregando às manifestações culturais.

No dia seguinte, pegamos o metrô até Nothing Hill e fomos à feira de Portobello.

Entre as feiras que visitamos, essa era a mais lotada de turistas; era até um pouco difícil de andar.

Pelo percurso que fizemos, vimos muitos artigos de casa antigos, como pratos de porcelana e talheres. Uma tia me disse que odiava aquela feira por só ter velharias, mas eu, ao contrário dela, estava adorando aquilo tudo.

Melhor ainda foi quando começamos a ver os músicos que tocavam na rua. Havia ali vários artistas tocando diversos tipos de músicas, desde rock até *reggae*, passando por um jovem que tocava bossa nova.

Por falar em bossa, essa feira me lembrava muito o Brasil, não só pela grande quantidade de brasileiros que andam por ali, mas pelas referências que os artistas brasileiros já fizeram do local.

Walk down the Portobello Road to the sound of reggae, tocava em minha cabeça. Ou então: *Puxando o cabelo, querendo ouvir Celly Campelo pra não cair naquela fossa em que vi um camarada meu em Portobello cair*. O camarada exilado provavelmente caiu em uma fossa por se lembrar do Brasil enquanto estava nesses lugares.

Enquanto atravessávamos o mercado, vi uma artista que me chamou a atenção. Uma senhora, por volta dos cinquenta anos, com os cabelos ruivos já desbotados, sentada em um amplificador ao qual sua guitarra estava ligada, tocava um *blues* de som calmo e cristalino. Ela não cantava; só dedilhava a guitarra em um ritmo tranquilo, porém levemente distorcido.

Dan dum da dum da dum da dum da dum dumdan dan...

A feira de Portobello surgiu na época vitoriana e a maioria das casas em Portobello Road ainda possuem a arquitetura do estilo. Em algumas partes, as lojas têm os muros pintados de cores fortes, com anúncios chamativos, o que destoa um pouco de sua origem.

Na saída, vimos uma pequena feira de roupas usadas. Havia peças muito conservadas, descoladas, limpas e perfumadas. Os preços eram bem baixos; algumas blusas custavam uma libra. Eu e Stefanie compramos algumas blusas em padrões de xadrez, que estavam na moda na época.

No último dia de Stefanie em Londres fomos ao mercado de Candem Town. Se eu tivesse que eleger um lugar favorito em Londres, esse lugar seria Candem Town.

Fascinavam-me as diversas manifestações de contracultura existentes naquele lugar. Punks, góticos, *hippies* e até Drag Queens passavam por lá tranquilamente. Pareciam saber que pelo menos ali não se destacavam como aberrações, eram pessoas como outras quaisquer. A pessoa teria que se esforçar muito para ser uma aberração em Candem Town, ali o conceito de estranho era outro.

Entramos em algumas lojas onde os produtos principais eram botas de couro e acessórios cheios de espinhos. Descemos até o subsolo da loja, onde ficavam as camisas de bandas de rock e outras com estampas divertidas. Ali os produtos eram mais únicos, dificilmente encontraria em outras lojas de Londres. Encontrei um chapéu estilo Robin Hood, o coloquei na cabeça e fui até o espelho para ver como fiquei. Stefanie disse:

– Não precisa ir até o espelho para ver. Estou te dizendo, você está ótimo.

Faz muito bem à autoestima receber elogios de alguém como ela. Os óculos escuros eram moda naquele ano, e até no inverno, com quase nenhum sinal de sol, havia muitas lojas e barracas vendendo óculos. Por todos os lados viam-se modelos Wayfarer de aros coloridos.

Lanchamos em uma praça de alimentação que tinha comida de diferentes nacionalidades. Ao lado da praça corria um rio e, às suas margens, para que os clientes pudessem se sentar, havia uma bancada com assentos em formato de motocicletas. No meio da praça havia uma estátua de leão bem grande em cor escura.

Passamos em frente a uma barraca que vendia comida brasileira. Parei, por curiosidade, para ver o que eles serviam. Tinha bombons Sonho de Valsa, pão de queijo e coxinha, o que se encontra em qualquer lanchonete brasileira.

– Isso se chama pão de queijo – me disse o atendente, achando que estava me dando uma aula de cultura global.

– Eu sei, obrigado. – *O pão de queijo foi criado em meu estado.*

Apesar da saudade da comida brasileira, optei por comer em uma quitanda de comida oriental. O *yakissoba*, o tempurá e os rolinhos primavera estavam deliciosos. O resto do pessoal preferiu comer pizza em uma quitanda italiana.

Aquela parte do mercado não tinha só comida; se você seguisse em frente encontraria barracas que vendiam quadros e gravuras. O que mais se viam eram quadros pequenos com imagens de Andy Warhol, Banksy e fotos da Audrey Hepburn.

Apesar de serem pontos turísticos atraentes e terem suas peculiaridades, comerciantes de ambas as feiras, Candem Town e Portobello, se preocupavam com o fim de suas atividades. Nos dois locais, vi pessoas arrecadando assinaturas e cartazes dizendo que as feiras estavam ameaçadas. A preocupação dizia respeito à instalação de supermercados pertencentes a grandes redes, que atraiam grande parte da clientela das feiras.

Depois de andar o dia inteiro por Candem Town, voltamos para Lewisham e fomos ao Market Tavern. Estávamos todos exaustos, mas como aquela seria a última noite de Stefanie em Londres, cada segundo juntos era precioso.

Sentamos em uma mesa grande no primeiro andar do pub, tomamos cerveja e tivemos nossas últimas conversas com o grupo todo presente: eu, Murat, Sofie, Abdel, Jasmin e Stefanie. Ficamos juntos até o horário do último ônibus que

Stefanie poderia pegar para ir pra casa, para então buscar suas malas e ir ao aeroporto pegar o voo de madrugada.

Era como se tentássemos espremer ainda mais um bagaço de laranja para dar mais algumas gotas de suco.

No triste momento de nos despedir, acompanhamos Stefanie até o ponto de ônibus. Estava frio, e a praça de Lewisham, vazia. Enquanto os outros estavam um pouco distantes, mais adiante, ela me disse:

– Não conte a ninguém, mas é de você que vou sentir mais falta. Não conte à Sofie, porque eu disse a ela que era dela, mas na verdade é de você.

Ela me disse isso muito emocionada e quase chorando. Eu, muito sem jeito, respondi brincando:

– Então você tá falando pra todo mundo que vai sentir mais a falta deles, né?

Sei que é algo ridículo para se dizer em um momento como esse, mas sou do tipo que esconde os sentimentos atrás de um senso de humor desagradável. Ela riu e respondeu:

– Não, é de você mesmo.

– Eu também vou sentir muito sua falta. Londres não será a mesma pra mim sem você – falei, desta vez seriamente.

Quando o ônibus chegou, demos um abraço coletivo enquanto o motorista gentilmente esperava. Ele deve ter achado aquela cena ridícula, um bando de bêbados se abraçando, mas esperou mesmo assim.

Assim que Stefanie entrou, ficou acenando da janela. Quando o ônibus partiu, ainda deu, por um segundo, para vê--la se virando e secando os olhos.

Em seguida, fomos a um KFC 24 horas comer alguma coisa. Agora tudo parecia diferente; havia uma lacuna no grupo. Ficamos um tempo em silêncio enquanto comíamos. Notei que, para nós, Londres realmente não era mais a mesma.

22

Well I think I see another side
Maybe just another light that shines
And I look over now through the door
And I still belong to no one else.
MAZZY STAR

Depois que Stefanie foi embora, eu me aproximei mais de Sofie. Era como se fôssemos dois órfãos que se ajudam com o vazio que a saudade lhes dá.

Sofie estava tendo problemas com a mulher que a hospedava. No Athenaeus, ela foi chamada durante a aula para comparecer à secretaria. Dez minutos depois, voltou transtornada e com o rosto inchado, como se tivesse chorado por horas.

Nessa ocasião, a sala estava cheia de alunos e tínhamos uma professora nova, mas tive que interrompê-la para saber o que tinha acontecido. Ela contou que a mãe da família que a hospedava estava reclamando que sempre que Sofie usava a banheira da casa para tomar banho ela não limpava direito. A dona da casa era alérgica a cabelo e mesmo após Sofie garantir que estava se esforçando para não deixar um fio de cabelo sequer na banheira, ela ainda reclamava.

— Eu disse a ela que estava limpando direito, que eu

havia conferido depois que limpei, e eu não vi nenhum fio de cabelo. Ainda assim, ela insiste em implicar com isso! – ela disse, ainda chorando.

Foi uma situação constrangedora, pois todos na sala, inclusive a professora, pararam para escutar os problemas de Sofie.

Depois, conversando com mais calma, recomendei a ela que pedisse ao Athenaeus uma nova estadia, pois a dona da casa em que ela estava hospedada parecia louca. Sofie era a pessoa mais metódica e organizada que eu conhecia; se ela havia dito que estava se esforçando para limpar a banheira, tenho certeza de que ela deixava a maldita banheira brilhando de tão limpa.

De qualquer forma, a relação entre Sofie e a sua anfitriã estava tão desgastada que não havia outra solução além de mudar. Pressionamos a secretaria do Athenaeus, que conseguiu uma nova casa para ela ficar na mesma semana em que ocorreu a briga.

Acompanhei Sofie para ajudá-la a levar suas malas para a casa nova, que ficava em Lewisham, próximo ao Horniman Museum. Pegamos um ônibus em uma tarde de domingo e procuramos a localização usando um mapa. Durante o trajeto, o ônibus freou em uma descida e a mala de rodinhas de Sofie desceu do fundo do ônibus até a frente, batendo no painel ao lado do motorista. Sofie foi correndo pegar a mala e se desculpar com o motorista, que não parecia nada satisfeito. Não pude fazer nada além de rir.

Quando descemos do ônibus, estava ensolarado, apesar do frio. A primavera já estava chegando e o campo gramado em frente ao ponto de ônibus onde descemos tinha um verde que há tempos não víamos, por estar coberto de neve ou lama.

A rua era no caminho para o centro, por isso ela possuía alguns prédios pequenos e alguns estabelecimentos comerciais. Subimos e descemos a rua várias vezes procurando o número, mas não conseguíamos achar. Muitos números da rua pulavam a ordem numérica. As lojas estavam fechadas e as poucas pessoas que passavam pela rua não sabiam nos informar.

Vimos uma senhora saindo por um beco entre dois prédios e perguntamos a ela onde era aquele número. Ela nos explicou que ficava no beco onde ela havia acabado de sair, que tinha um portão com uma senha, que se adentrava em um condomínio e lá estava a casa que procurávamos. Becos que viram condomínios.

O condomínio era bem bonito; as casas formavam um círculo e no meio havia um jardim. As residências eram todas de dois andares e com cores claras diversas. Parecia um lugar ótimo para se viver na infância.

A nova *host mom* de Sofie nos recebeu e me convidou para tomar um chá antes de ir. Agradeci o convite, mas iria me sentir muito intruso caso aceitasse. Afinal, quando ela me viu, fez uma cara que dizia "essa guria já está trazendo rapazes para minha casa no primeiro dia...".

De qualquer forma, aquela casa acabou sendo muito melhor para Sofie, e resolvemos sair naquela semana para comemorar o fato de ela estar livre da louca da banheira.

Desde que havíamos chegado a Londres, ambos queríamos assistir a algum musical, só não sabíamos como conseguir ingressos por um bom preço. Sofie pesquisou e planejou tudo com antecedência. Sorte por ela ser organizada; eu teria deixado para a última hora e ficaríamos sem ingressos.

Ela descobriu que se fôssemos ao teatro em um determinado horário e pegássemos uma fila, apresentando documento de estudante, conseguiríamos lugares relativamente bons para assistir *Os miseráveis* por um bom preço.

Fomos ao teatro com bastante antecedência, para conseguir os tais lugares promocionais. Encontrei Sofie em Victoria Station. Ela se vestia em seu estilo *pop punk* de sempre, roupa xadrez e de cores escuras. A diferença é que nesse dia ela usou acessórios mais elegantes, como um colar prata e algo que lembrava um espartilho.

Descobrimos que os assentos promocionais eram todos em uma posição ruim, como atrás de uma pilastra ou, no caso dos nossos lugares, na terceira fila, só que com a visão prejudicada pelo movimento dos braços do regente da orquestra, que ficava logo à nossa frente.

Foi um dia de sorte. Além de conseguirmos os ingressos ainda tivemos a sorte de trocar de lugar para um ainda melhor. Um funcionário do teatro nos disse:

– Tenho uma proposta para fazer a vocês. O senhor que está sentado na fileira da frente, na parte central, precisa trocar para um lugar mais espaçoso, pois ele é obeso. É o caso do lugar de vocês. Vocês não são obrigados a aceitar, mas gostariam de mudar para um assento melhor e ajudar o senhor?

– Claro! – dissemos sem titubear.

Acabamos sentando em um lugar com uma visão do palco muito privilegiada. O mais divertido era que estávamos sentados ao lado de senhores vestindo terno e mulheres vestindo longos e bebendo champanhe. Eu e Sofie estávamos longe de estar trajando o mesmo estilo, mas ainda assim mantemos a cabeça erguida.

Quando o musical começou, eu fiquei impressionado com a perfeição de tudo aquilo que o compunha. O palco se mexia, fazendo os atores girarem e o cenário mudar. A performance dos atores era impecável. De início, tive até aflição, sentindo medo de que os atores errassem e estragassem toda aquela beleza. Imaginei-me no lugar deles; a pressão que deviam sentir. Comecei até a suar. Estávamos tão próximos do palco que quando os proletários cantavam todos juntos agressivamente eles quase cuspiam em nós.

Com o tempo relaxei e confiei que os atores não errariam e nada de constrangedor iria acontecer. Continuei maravilhado com o espetáculo até o fim.

As atrizes que interpretavam Fantine e Cosette eram as que mais me impressionaram com suas atuações. Assim como a maioria da plateia, me emocionei com *I Dreamed a Dream*, mas a música de que mais gostei foi a agressiva *At the End of the Day*, que também foi uma das mais aplaudidas.

Imaginei se aqueles ingleses ricos sentados na plateia se identificavam com algum dos personagens. Todos eles aplaudiam muito veementes o espetáculo, mas será que algum deles avaliava suas atitudes como patrão ou como ser humano ao ver aquela peça? Vemos Thénardiers em nosso dia a dia, mas duvido que algum deles se identifique com o personagem.

E o que o espetáculo dizia a respeito de nós que estávamos ali sentados? Muitos não viam nada ali, mas *Os miseráveis* ainda me parece muito atual. Ao ouvir os aplausos para as músicas, pensava na Maria Antonieta de Sofia Coppola lendo um trecho d'*O contrato social* e finalizando com a frase "que belas palavras!".

Outro momento emocionante foi quando o palco se transformou em trincheiras para se tornar cenário dos motins. Um dos ápices do espetáculo foi quando formaram com perfeição a cena em que a liberdade guia o povo, como no quadro.

Desde o início do espetáculo, alguns momentos eram feitos em *slow motion*, em que todos os atores conseguiam seguir o mesmo ritmo, para dar mais emoção à cena, principalmente às cenas de luta.

No fim do espetáculo, funcionários passaram com um balde coletando doações para ajudar desabrigados de desastres ambientais. Uma causa nobre, que só pude ajudar com o que tinha na carteira: cinco libras. Já o casal que sentava ao meu lado e bebia champanhe pôde ser mais generoso – eu os vi entregando um bolo de notas, sendo que pelo menos uma era de cinquenta libras.

23

> *Every night before I go to sleep*
> *Find a ticket, win a lottery*
> *Scoop the pearls up from the sea*
> *Cash them in and buy you all the things you need.*
> Patti Smith

De fato, eu queria ganhar algum dinheiro no fim do dia enquanto estava em Londres. O problema é que realmente estava muito difícil arrumar emprego na cidade naquela época. A maioria dos meus amigos também estava tendo o mesmo problema. Muitos deles só conseguiram emprego nas cidades menores da Inglaterra ou da Escócia, e só começariam depois de terminar o curso. Para nós, estudantes de intercâmbio, era ainda mais difícil, pois nosso horário de trabalho era restrito de acordo com a lei, que nos obrigava a estudar meio período para garantir nosso visto.

A coisa estava tão feia que vi nos noticiários que alguns grupos de estudantes vindos de países do Oriente Médio, em condições legais no país, estavam desempregados, não tinham onde ficar e sem dinheiro para voltar para seus países. O telejornal mostrava que esses estudantes foram abrigados em uma escola enquanto não voltavam para seus países.

Imaginei-me na situação deles. Eram estudantes como

eu, passaram pelo tramites legais para conseguir visto e estavam de acordo com a lei. Apesar de não ter problemas financeiros, eu ainda temia acabar na mesma situação.

Resolvi tentar todas as opções. Eu ainda não tinha tirado o meu seguro para trabalhar, mas para fazer alguns "bicos" temporários eu não precisaria dele. Espalhei meu currículo em restaurantes de bairros próximos e movimentados como Lewisham e Camberwell. Além disso, enviei por e-mail meu currículo para algumas propostas postadas na internet. Com isso, consegui trabalhar em eventos e festas. Acho que meus bons inglês e francês me ajudaram muito, além da experiência na festa de inauguração no Athenaeus.

Fiz um trabalho tranquilo num congresso sobre meio ambiente patrocinado por algumas empresas inglesas. Minha função era basicamente receber os participantes, a maioria acadêmicos, e apontar para eles onde ficava a sala a qual deveriam se dirigir, conferindo em seus convites.

O problema era que o prédio que sediava o evento ficava no norte de Londres, e tive que atravessar toda a cidade para chegar até lá três vezes: uma vez para a entrevista, outra para o treinamento e a terceira vez para o evento. Tudo correu tranquilo; os participantes eram muito polidos e o evento foi muito bem organizado. O pagamento foi bom, mas acabou não compensando tanto pelos gastos que tive com o transporte.

Fui chamado também para outro trabalho de difícil localização, só que esse outro não foi nada agradável. Era em um evento em um *pub* muito escondido que ficava na direção de Camberwell. O lugar ficava muito longe do último ponto do ônibus que saía de Brockley e ia até Camberwell Green. Tive que andar bastante por ruelas desertas à noite. Aquela parte da cidade me amedrontava, já era tarde e eu quase desisti de ir. Passei em frente a um estabelecimento em que sua porta e janelas estavam tampadas com pedaços de madeiras pregadas, um cenário perfeito para um ataque de Jack The Ripper.

Foi difícil de encontrar, pois o lugar não tinha placa e nem nome. Tive muito medo de ser uma armadilha de sequestro ou coisa parecida, porque fizeram a seleção somente através de trocas de e-mail, alegando urgência em arrumar funcionários para o evento daquela noite.

Quando entrei no lugar me senti em *The Godfather*. O pub era escuro e velho, lotado de gente, a maioria vestindo terno, e poucos jovens. Não sei qual era o motivo da reunião, tive medo de perguntar. Fui até o balcão e me identifiquei com outro funcionário, e ele mesmo se encarregou de explicar como iríamos servir os convidados.

Tudo ocorreu bem, os colegas de trabalho eram simpáticos e acabaram até me contando um pouco da vida deles. Os três com quem conversei tinham uma coisa em comum: viviam ilegalmente no país, por isso aceitaram aquele emprego. O pagamento deles era abaixo do pagamento mínimo por hora de trabalho, e eu só aceitei porque não apareceu nada melhor.

No fim da noite, um dos organizadores nos pagou em dinheiro e disse:

– Vocês já sabem. Se quiserem voltar na semana seguinte para trabalhar novamente serão bem-vindos, só que tem que chegar cedo porque o trabalho é dado para quem chega primeiro.

Achei aquilo tudo muito irregular e até um pouco perigoso, desde o trajeto até a forma de pagamento. Nem toda a filmografia de suspense e máfia conseguiria descrever a sensação estranha de trabalhar naquele lugar. Nunca mais voltei lá.

O dinheiro que eu havia arrecadado fazendo esses bicos não era lá muita coisa, então resolvi gastá-lo indo assistir alguma coisa na cidade. Alguns amigos haviam combinado de ir ao Albert Royal Hall ver o Cirque du Soleil, que estava apresentando a peça *Varekai*. Resolvi ir com eles.

Ficou combinado que nos encontraríamos às vinte horas na Victoria Station e de lá pegaríamos juntos o metrô até o Hall. Saí de casa às dezenove horas para não correr o risco de me atrasar e desci até a estação de Brockley, a qual eu raramente usava.

A estação de Brockley é a céu aberto; o trem que passa pela estação é de superfície e na ocasião chovia um pouco, por isso acabei me molhando.

O trem demorou muito, mais do que eu imaginei. Já eram quase vinte horas quando ele chegou. Eu odeio deixar as pessoas esperando e Sofie já estava me ligando para saber se eu já estava chegando, mas eu mal tinha saído. O trem também era mais devagar do que eu esperava.

Quando cheguei a London Bridge, eu tinha que pegar o metrô na Jubilee Line e fui correndo dentro da estação. Todo mundo já estava me esperando e eu estava nervoso. Não queria que ninguém perdesse a apresentação por minha causa.

Quando entrei no trem em London Bridge, dois senhores com uma aparência bem desgastada pela idade, cabelos cinza desgrenhados e roupas que os faziam parecer mendigos, entraram também. Um deles sentou ao meu lado, enquanto o outro, mais jovem, sentou na minha frente. Eu senti antecipadamente que o homem ao meu lado ia falar comigo, só não imaginei sobre o quê. Talvez fosse pedir dinheiro. Mas, em vez disso, ele disse:

– O que você tem? Você parece tão infeliz.

Fui pego de surpresa. Não estava muito a fim de papo e acabei demonstrando isso, respondendo secamente:

– Tem pessoas me esperando e eu as estou atrasando.

– Que pessoas? – ele perguntou, determinado a estender a conversa.

– Meus amigos – respondi novamente de forma seca.

– Ah, mas então tá tranquilo; se eles são seus amigos,

vão entender. Não é motivo pra você ficar tão infeliz! Você é jovem, parece ser inteligente, mas parece tão infeliz!

Não respondi nada.

– De onde são seus amigos? – insistiu ele.

– De vários países: Alemanha, Taiwan, Argélia...

– E você é de onde? – continuou ele.

Já estava me irritando aquela conversa. Estava estressado e sem a mínima vontade de ser entrevistado no metrô.

– Brasil.

– O que você faz lá?

– Estudo jornalismo – respondi seco ainda outra vez.

– Ah, mas que interessante! Eu, na verdade, não acredito em escolas, nem em conhecimentos acadêmicos; pra mim é tudo inutilidade. Meu amigo aqui se formou em Cambridge. O que foi que você estudou mesmo? – perguntou ele, virando e se referindo à pessoa sentada à minha frente.

– Sociologia – respondeu timidamente o amigo. Apesar de ter a mesma aparência do outro senhor, este era um pouco mais jovem e parecia estar envergonhado do colega.

– Isso, Sociologia! E tá aqui, andando na rua comigo que nem mendigo, fazendo porra nenhuma! Por isso que não acredito na serventia desse conhecimento! – continuou o homem mais velho.

– Eu concordo com você; realmente é um conhecimento presunçoso que pouco acrescenta às pessoas – respondi. Na época, estava descrente quanto ao academicismo.

O assunto começava a ficar interessante, quando chegamos à minha estação. Antes de descer, passou rapidamente pela minha cabeça o fato de que aqueles dois homens molambentos foram os únicos londrinos transeuntes que tiveram interesse em conversar comigo, e mais: foram os únicos a se preocupar comigo genuinamente. Senti-me arrependido de ter sido tão áspero com eles.

Antes de sair, apertei rapidamente a mão de cada um em retribuição pela sua companhia e disse:

– Foi um prazer conhecê-los.

Eles haviam conseguido me fazer relaxar por alguns instantes e ainda consegui perceber como era sem sentido o meu nervosismo.

Logo no momento em que a porta se fechou atrás de mim, ouvi o homem mais velho dizer:

– Mas nem te conhecemos direito.

Novamente conseguimos ingressos promocionais, e, quando vimos no mapa do Albert Hall, notamos que nossos assentos ficavam atrás de algumas vigas que prejudicavam a visão. Como chegamos muito atrasados, não conseguimos ir até os nossos lugares, pois a plateia toda já estava acomodada e as luzes, apagadas, por isso tivemos que sentar nos lugares vazios que encontramos no caminho.

O espetáculo do Cirque du Soleil superou minhas expectativas. A peça misturava estética e trilha sonora tribal em estilo africano com alguns cenários e figurinos do que eu chamaria "mundo aquático". Havia um homem que andava de muletas e mal encostava os pés no chão e, assim, fazia uma performance incrível. Havia algumas cenas de tensão e espécies de batalhas no decorrer da apresentação, que eram intercaladas pela apresentação de palhaços mudos com um senso de humor nada óbvio.

24

> *'Cause everybody knows (She's a femme fatale)*
> *The things she does to please (She's a femme fatale)*
> *She's just a little tease (She's a femme fatale)*
> *See the way she walks*
> *Hear the way she talks.*
> THE VELVET UNDERGROUND & NICO

Foi em meados de fevereiro que eu conheci a Ronja. Ela era uma alemã não muito alta, de cabelos loiros, quase dourados, e sardas no rosto. Havia mudado de turma e se juntado à minha quando já estava há alguns meses em Londres. Às vezes eu a via andando pelo Athenaeus, mas nunca tinha conversado com ela. Ela era uma *au pair*, nome dado às jovens que vinham em programas de intercâmbio trabalhar como babás. Assim como as outras *au pairs*, ela chegava todos os dias atrasada à aula, pois tinha que levar as crianças de quem cuidava para a escola antes.

A diferença era que Ronja não apenas chegava atrasada, mas entrava na sala se desculpando pelo atraso e vinha andando com um andar estiloso, atrevido e despojado, usando roupas rasgadas em estilo *punk*. Todos paravam para vê-la entrar.

No primeiro dia de Ronja em nossa turma, nossa nova professora, uma irlandesa muito agradável e despropositadamente divertida chamada Mary, nos deu temas para debater em pequenos grupos. Os temas envolviam política, economia e cultura. Eu tive sorte de estar no mesmo grupo que Ronja, e me identifiquei muito com a opinião dela sobre diversos assuntos. Ela era sincera e, sem ser pedante nem idealista, tinha opiniões fortes.

Um dos temas que debatemos foi a preservação da Amazônia. Os textos que lemos expunham opiniões diversas sobre o assunto. Alguns diziam que ela precisava ser explorada de forma comedida, outros diziam que ela não devia ser explorada, e por último havia uma opinião exposta dizendo que os países de primeiro mundo deviam intervir para preservá-la. Muitos colegas disseram que os Estados Unidos provavelmente iriam intervir para proteger a Amazônia e impedir que as empresas brasileiras a desmatassem. Nesse momento, fiquei possesso e disse:

– É muita ingenuidade acreditar que os Estados Unidos se preocupam genuinamente com algum problema global. A maioria das empresas exploradoras são norte-americanas, e elas realmente não se importam com a preservação da Amazônia. Só se metem em questões globais para preservar seus interesses, como é o caso da Guerra no Iraque.

Sinto falta dessa minha rebeldia juvenil.

A maioria da turma ficou chocada com minha opinião radical. Talvez eu tivesse exagerado um pouco, mas quis deixar claro o quanto era contra aquilo e de certa forma me sentia ofendido com aquele tipo de opinião ingênua.

Ronja e Sofie foram as únicas a concordarem comigo. A própria Mary, a professora, também deixou transparecer que a sua opinião era como a minha. Somado aos constantes comentários da Sandra, percebi que o oeste europeu não via com bons olhos a hegemonia norte-americana. Sofie também demonstrava certa apatia aos Estados Unidos e orgulho do fato de que a China vinha conquistando liderança econômica, afinal ela iria estudar na Universidade de Hong Kong no ano seguinte. O momento em que confirmei minhas hipóteses sobre o forte caráter de Ronja foi enquanto ela discutia política com um colega romeno da nossa classe. Ele dizia:

– Eu admiro Hitler, acho que ele foi um grande homem e um ótimo líder.

Era evidente que com esse comentário ele quisesse conquistar a simpatia de Ronja, mas conseguiu justamente o oposto, pois ela enrubesceu de raiva, respirou fundo e respondeu:

– Pois não devia; ele o teria matado se pudesse. Você tem nariz grande de judeu e o queixo largo, característica que ele não apreciava, além de o povo romeno ser considerado cigano. Você se daria muito mal.

Eu a admirei muito por sua coragem e também por cortá-lo sem cerimônia. Ela me contou que repudiava o nazismo e odiava o fato de ser associada a esse tipo de pensamento por ser alemã.

Mary gostou dos debates e resolveu aplicar esse método em várias aulas. Na maioria das vezes, acabava gerando algumas discussões bastante polêmicas, o que eu considerava bom, mas a própria Mary se preocupava com que aquilo não se tornasse muito agressivo.

O problema, na verdade, era que havia dois jovens romenos na turma que eram adeptos a opiniões radicais de fundamento nazista. Além disso, eles eram racistas, homofóbicos e machistas. Um deles era o rapaz que Ronja havia discutido, Max. Ele era alto, narigudo e de cabelo preto penteado para o lado. Ele geralmente era simpático e até um pouco cordial, mas quando dava suas opiniões conseguia desfazer qualquer boa impressão que causasse de início. O outro jovem era mais explícito e radical, ele não via problema em dizer asneiras em público. Pelo contrário, se sentia orgulhoso por isso. Ele dizia coisas do tipo:

— Duas garotas se beijando eu acho excitante, mas se forem dois homens eu acho nojento; acho que eles devem levar uma surra.

Esse rapaz, o Anthony, parecia fisicamente com o *rapper* Eminem. Era careca, branco, tinha algumas tatuagens e usava roupas de moletom largas.

Mary fazia o possível para abrandar o debate e por vezes reprimia Anthony por ser agressivo ou demonstrar uma opinião intolerante. Já eu e Ronja adorávamos provocá-lo, dizendo:

— Estudos demonstram que atitudes homofóbicas são sinais de homossexualidade reprimida. As pessoas odeiam ver nos outros o que elas realmente são e temem ser. Por que outro motivo alguém se incomodaria tanto com a vida alheia?

Ele ficava louco com isso. Eu e Ronja adorávamos ver seu rosto se tornar rubro de raiva. Ioana, Adina e Valentina, que também eram romenas, por vezes davam broncas nos rapazes no próprio idioma. Parecia que ficavam envergonhadas com a atitude dos conterrâneos.

Quando os debates tratavam de cultura e religião, a coisa era ainda mais complicada. Chegamos a um ponto na cultura global em que as relações se tornaram tão tensas que devemos tomar muito cuidado com qualquer tipo de comentário para não ser mal-entendido ou ofensivo.

Um exemplo disso ocorreu em nossa sala de aula. Um colega muçulmano esqueceu de desligar seu celular, deixando-o tocar durante a aula. A música que tocou era árabe e com um ritmo melodramático, e Andrew não conseguiu conter um riso. O rapaz saiu da sala para atender o celular e quando voltou disse com raiva:

— Você achou isso engraçado? Você ri da cultura dos outros, é? Isso é um trecho do alcorão, para nós isso é sagrado!

Metade da turma era islâmica, o que deixou o clima ainda mais tenso. Andrew ficou muito sem graça e tentou se justificar:

— Desculpe, eu não sabia! Mas achei a música engraçada, é diferente para mim.

A verdade era que muitos colegas já estavam irritados com Andrew. Por ter morado alguns anos nos Estados Unidos, considerava que todos deviam conhecer a cultura norte-americana. Um dia mencionou considerar um absurdo e um sinal de ignorância alguém não saber que os táxis de Nova York eram amarelos.

— Simplesmente não me importo com a cor dos táxis de Nova York — respondeu Abdel, irritado.

O fato é que era um grande aprendizado, mas ao mesmo tempo um grande desafio, conviver com um grupo tão heterogêneo. Tínhamos que ser pacientes e cuidadosos.

25

> *Talk over*
> *Gin in teacups*
> *And leaves on the lawn*
> *Violence in bus stops*
> *And the pale thin girl with eyes forlorn.*
> BABYSHAMBLES

Só me dei conta do quanto eu estava adaptado a Londres quando uma jovem me pediu, em um ponto de ônibus, informações sobre como chegar a determinado lugar em Brockley e eu soube explicar com precisão a localização. Como se fosse para me deixar mais acomodado ainda, o inverno estava acabando e o clima estava melhorando. Ainda estava frio, mas fazia um pouco de sol. Para mim, era o clima perfeito.

Eu adorava fazer caminhadas e visitar parques em Brockley e Camberwell com Pan. Sem a neve e o vento gelado, dava para passear mais tranquilamente, e a ausência da neblina fazia com que desse para avistar o centro londrino de longe.

A mudança de clima dava mais ânimo também para sair à noite, e combinei com Ronja de irmos a um pub em Lewisham chamado Dirty South. Ronja era amiga do Marvin, o alemão calado que frequantava o Market Tavern e que Stefanie achava estranho. Eu gostava dele, então o chamei também.

Quando cheguei no lugar combinado, Marvin já estava lá e ficamos cerca de meia hora esperando Ronja. Não conseguimos falar com ela, por isso fomos ao Dirty South só nós.

O lugar era muito bacana, tinha um estilo *underground*, bem pequeno e intimista. As paredes todas pintadas de cores fortes e alguns desenhos psicodélicos, um pequeno palco e um grande balcão. O lugar era todo de madeira clara, lembrando um pouco o velho oeste. Como era cedo, ainda estava vazio.

Sentamos em uma mesa redonda próxima às janelas grandes que davam para a rua e pedimos uma cerveja. Fiquei sabendo que aquele lugar era frequentado por Pete Doherty e Florence Welsh, e achei aquilo muito inspirador.

Descobri que Marvin era um cara mais legal do que eu pensava. Ele tinha um pouco de dificuldade para se expressar em inglês, mas ainda assim dava para notar que tinha bastante maturidade para sua idade. Ele me contou da sua vida, que ele fazia junto ao ensino médio um curso de hidráulica, a carreira que ele pretendia seguir. Ele falava muito de seu desejo de independência, de viver às próprias custas.

Naquela noite, a banda Ludes fazia uma *jam*.

No dia seguinte, Ronja chegou mais atrasada que de costume e entrou se desculpando por não ter aparecido na noite anterior. Ela disse que havia fumado um baseado antes de sair e achou que iria conseguir sair tranquila, mas na hora que tentou se levantar não conseguiu; era como se estivesse pregada no chão. Eu disse que não havia problema, mas no fundo achei que ela era o tipo de pessoa que faz várias coisas ao mesmo tempo e você acaba quase não vendo, pois ela está sempre atrasada ou deixando de ir mesmo. Ela prometeu que isso nunca ia acontecer novamente, que ela nunca mais nos deixaria esperando, mas eu não acreditei muito.

O mais impressionante é que ela cumpriu essa promessa durante toda sua estadia em Londres.

No mesmo dia em que fez a promessa, fomos junto com Marvin ao Watch House. Bebemos cerveja enquanto

Ronja nos contava sobre a furada em que tinha se metido com a família para a qual trabalhava como babá. Não se pode dizer que ela cuidava de crianças, pois uma das meninas tinha dezesseis anos, enquanto a outra tinha dez. A família era alemã, por isso gostavam de ter uma *au pair* de seu país. Segundo Ronja, as meninas eram terrivelmente mimadas, o que se notava só pelo fato de precisarem de babá com aquela idade. A mais velha era extremamente fútil e dizia a Ronja em alemão enquanto andavam na rua:

– Olha como as pessoas na rua são feias! Ainda bem que somos bonitas.

Ronja detestava a garota mais velha, e razões não faltavam para isso. O único motivo que a mantinha naquele trabalho era ela ter que pagar o estrago que havia feito no carro da família. Ela tinha bebido muito em uma noite, e no dia seguinte teve que levar as garotas para a escola de carro. Depois de deixar as meninas, ela bateu com o carro caríssimo da família no carro de outra mãe de aluno da mesma escola, ou seja, outra mulher abonada com um carro caríssimo. Ela assumiu a culpa e, por isso, teria que pagar as despesas. Os danos nos carros não foram tão grandes, nada que os próprios donos não pudessem pagar tranquilamente, mas Ronja, que recebia um salário baixo de babá, teria que suar muito para pagar.

– Nossa, sua história é idêntica à do roteiro de *Edukators*! – comentei logo que ela terminou de contar.

– Como você conhece esse filme? Nem na própria Alemanha ele é muito famoso! – perguntou ela espantada.

– No Brasil ele é bem famoso entre os que gostam de cinema estrangeiro; não é muito difícil de achar em locadoras – respondi.

– Que legal! Adoro esse filme! Que bom que ele é assistido pelo mundo afora.

Resolvemos então fazer como no filme e arrumar uma forma de nos vingar da família exploradora. Não tínhamos coragem de bagunçar a casa, então a única coisa que fazíamos era ir até a casa que Ronja estava morando e tocar as guitarras do pai da família quando eles estavam fora. Ele tinha várias; era músico e trabalhava compondo *jingles* com as guitarras, que eram suas preciosidades. Eu gostava de tocar uma Epiphonic, enquanto Ronja ficava com a Fender. Costumávamos tocar The Smiths e The Clash, e nossa vingança consistia em deixar os instrumentos todos desafinados para dar ao dono o trabalho de afiná-los antes de usá-los para trabalhar. Não éramos bons em vingança, mas nos divertíamos.

  Inventamos formas de nos divertir durante as aulas também. Seth, um colega romeno mais velho, se achava mais inteligente que todos, inclusive a professora. Ele adorava se exibir dizendo que sabia das coisas porque sua esposa trabalhava na BBC, e sempre que dizia qualquer coisa ele começava a frase com *Actually*... ("Na verdade..."), como se tudo em que as outras pessoas acreditassem fosse mentira, mas o que ele estava para dizer abriria os olhos de todo mundo. Terrivelmente arrogante; mesmo os professores pareciam não gostar dele.

  Para que criássemos alguma diversão à custa dele, começamos a fazer um campeonato. Funcionava da seguinte forma: cada vez que ele dissesse *actually*, batíamos na mesa. Quem batesse primeiro ganhava um ponto, e assim somávamos e fazíamos um *ranking* da semana. Mais da metade da sala entrou na brincadeira, sendo que a maioria a levava bastante a sério. Não podíamos também ser muito óbvios, para que a professora ou ele mesmo não notassem o que fazíamos. Toda vez que ele começava a falar ou fazia menção de pedir atenção, nós já nos preparávamos para bater na mesa. Até Sofie, que era mais séria e achava importante prestar atenção na aula, entrou na brincadeira, e era, inclusive, uma ótima jogadora.

  Uma das vezes ele soltou um *actually* no meio da frase em vez de no início, o que nos pegou desprevenidos e causou o maior alvoroço para que todos nós deixássemos o que fazíamos para bater na mesa. Depois, ainda houve uma pequena discussão para ver quem tinha batido primeiro.

26

Still cold like the stars
That's just the way you are.
MAZZY STAR

Às vezes eu imagino se não fiz um julgamento errado de Ronja quando a conheci; se não me precipitei em admirá-la tanto e achar que tivéssemos uma afinidade tão grande. O fato é que, ao contrário dos demais amigos que fiz, eu não mantive contato com ela quando voltei para o Brasil, e não foi por falta de tentativas de minha parte. Ela leva uma vida bem inconstante e imprevisível, por isso nem faço ideia de em qual parte do mundo ela possa estar. Também não é totalmente sua culpa; a autonomia e a liberdade de Ronja são admiráveis, mas às vezes me assusta a forma como ela se desapega de tudo rapidamente.

Na época ela já estava cansada de seu trabalho de *au pair*. As adolescentes de quem ela cuidava davam mais trabalho que crianças pequenas. Além disso, ela não estava recebendo, pois vinha pagando o estrago que fizera no carro.

Um dia saímos tarde e passamos a madrugada toda conversando em um parque em Lewisham. Bebemos muito naquela noite, e ela chegou ao amanhecer em casa. Quando entrou, a família estava reunida na sala e disse que precisava conversar com ela. Disseram:

— Olha, nós te amamos muito, muito mesmo.

— Mas...? — perguntou ela, quando viu que nada vinha em seguida. — Como ela mesma disse ao me contar a história, nunca se chama alguém pra conversar só pra dizer que a ama.

— Mas notamos que você não parece estar contente com o seu serviço, então achamos justo que, se quiser largá-lo, tudo bem; só nos avise primeiro.

Então, ela começou a procurar por um emprego em Berlim pela internet. Algumas oportunidades apareceram, e ela aguardava o resultado.

Eu sabia que iria sentir falta dela, mas já havia me conformado com o fato de que cada um ali iria, mais cedo ou mais tarde, seguir seu caminho.

Estávamos muito conectados. Eu, Ronja e Marvin formávamos um ótimo trio. Tínhamos um senso de humor muito parecido, apesar de Marvin não entender muitas das coisas que dizíamos.

Começamos com a brincadeira do *that's what she said*, que consiste em dizer essa frase quando alguém diz algo que pode ser usado com conotação sexual. Valentina também adorava essa brincadeira, e sempre inventava formas inusitadas de aplicar essa frase. Por exemplo, Ronja fumava cigarros cujo tabaco e papel ela mesma comprava, montando-os ela própria. Eu adorava aquele trabalho artesanal e me incumbi da tarefa de enrolar para ela sempre que fosse fumar. De início, achei difícil a tarefa, e, enquanto eu me destrambelhava tentando enrolá-lo, ela disse:

— Se está dentro, então relaxa.

— *That's what she said.*

Era idiota, mas era muito difícil fazer piadas com falantes de outras línguas, então era o que tínhamos para nos divertir. A gente se divertia também com uma das maiores vantagens da língua inglesa, que é poder dizer *fucking* antes de quase todas as palavras e a frase ainda ter sentido. Você sente o prazer que só um bom palavrão pode proporcionar.

Íamos todos os dias a algum pub beber cerveja ou apenas sentar e conversar. Essa era uma das grandes vantagens desses lugares; não precisávamos necessariamente consumir, e não havia garçons pressionando para que pedíssemos alguma coisa. Então, ficávamos conversando sobre assuntos diversos, trocando curiosidades e falando sobre como vivíamos em nossos países.

Ronja contou, com certa indignação, sobre o sistema escolar da Alemanha, que separava os alunos com melhores notas dos com piores. Os "melhores alunos" assistiam a aulas voltadas para seguir a carreira acadêmica e universitária, enquanto os "piores" tinham estudos que os direcionavam para cursos técnicos. Ronja era do primeiro grupo, enquanto Marvin, do segundo. A crítica que ela fazia era porque os alunos estrangeiros eram necessariamente colocados entre os alunos voltados para o técnico, não importando seu perfil ou desempenho. Ronja era muito engajada politicamente contra ideais nazistas e, segundo ela, essa política era um resquício desse ideal.

— Às vezes sinto vergonha de ser alemã — ela disse.

— Por quê? Por causa do nazismo?

Realmente achava que o passado não fosse motivo suficiente para se envergonhar.

— Não, porque no inverno faz tempo ruim. É lógico que é por causa do nazismo, idiota! — zombou ela.

— Eu nem gosto de falar o nome dele em público — disse Marvin, fazendo um sinal com os dedos abaixo do nariz que indicava o bigode de Hitler.

Quando notamos aquele gesto, rimos muito. Era um sinal meio patético, e o medo dele em ser mal interpretado pelas pessoas que o ouvissem dizendo o nome de Hitler era de uma ingenuidade quase comovente.

— Sei que a maioria de nós, alemães, tem medo de ser chamado injustamente de nazista, mas não sabia que era tanto! — Ronja disse rindo.

— É como se fosse o Lord Voldemort! — zombei.

27

Poor kids dressing like they're rich
Rich kids dressing like they're poor
White kids talking like they're black.
THE LIBERTINES

Quando cheguei a Londres, eu me sentia um intruso na Inglaterra; era como se eu devesse alguma coisa aos londrinos por estar ocupando a cidade deles. Por um lado, sentia como se ocupasse o que não me fosse de direito, sendo mais um usuário do transporte e de outros benefícios públicos, mas alguém que não trabalha e não faz nada pela cidade. Por outro, me via como um turista, que só dava dinheiro ao comércio e aos serviços da cidade, sendo o meu consumo algo benéfico para eles.

O problema era que eu estava há muito tempo em Londres para me sentir um turista, mas pouco tempo para me sentir um morador da cidade.

No meu último mês na cidade, essa sensação mudou bastante. Não posso dizer que me adaptei completamente, pois não tinha uma moradia própria, família ou raízes ali, o que ainda me fazia muita falta, mas tudo havia melhorado: meu cabelo havia crescido de novo e ficado ajeitado desde que fora ao salão e voltara com a cabeça chata, o que afetara mais minha autoestima do que se pode imaginar; eu tinha agora um grupo de amigos com quem sabia que podia contar; minha capacidade de compreensão do sotaque britânico havia aumentado bastante, o que facilitava a conversação com os londrinos; finalmente era possível ver o sol durante o dia, o que trazia um bom humor sem preço para a cidade em geral; e, por último, me veio uma onda de nostalgia da cultura brasileira e com ela uma sensação de orgulho.

Eu ia para a aula andando e escutando alguns álbuns da tropicália e clássicos da MPB, principalmente os da Rita Lee, Gilberto Gil, Os Mutantes e Jorge Ben. É estranho pensar nisso hoje, mas de alguma forma as músicas do *Fruto Proibido* de Rita Lee me lembram mais de Londres do que qualquer música britânica. Sempre que o escuto, me vem à mente a paisagem naquele início de primavera em Hilly Fields Crescent, com as árvores que cercavam o campo começando a dar folhas. Lembra-me também as casas vitorianas, com os pequenos jardins na entrada começando a florescer. Tudo isso porque eu escutava diariamente esses discos enquanto fazia minha caminhada matinal até Lewisham.

Eu escutava a voz da Rita Lee dizendo: *tudo é tão simples que cabe num cartão postal e pra quê sofrer com despedidas?*, e me dava um certo alívio na sensação ambígua de saudade antecipada de deixar Londres e a saudade do Brasil. Tudo aquilo parecia necessário, tanto a saudade quanto a dor da despedida e a possibilidade de nunca mais ver muitos daqueles amigos.

Essas músicas também me lembram Candem Town. Eu costumava ir até lá para comer nas barracas de comida oriental, mas foi com Ronja e Marvin que comecei a frequentar os pubs da região. Havia um em especial aonde íamos com mais frequência, que ficava na avenida principal do mercado, logo após a parte mais movimentada. Ele tinha três andares, era estreito, mas alto. Cada andar era bem pequeno, e os superiores pareciam salas de estar de casas antigas. Era um ambiente muito bom, apesar de estar geralmente cheio. Como a primavera estava chegando, podíamos sentar na varanda do último andar e apreciar o sol que começava a dar sinal de vida. As pessoas que frequentavam o lugar eram bem excêntricas, no bom sentido. Ouvi falar que aquele era um dos locais favoritos de Amy Winehouse. Na época ela ainda estava viva; podíamos ter tido a sorte de encontrá-la por lá.

Um dia voltamos de Candem Town para Lewisham durante a madrugada e encontramos dois carrinhos de supermercados largados na praça em frente ao shopping. Nesse momento, o nosso *id* falou mais alto e resolvemos apostar corrida de carrinho. Eu empurrei Ronja em um, enquanto Marvin empurrou Jasmim em outro. No final, ninguém ganhou, mas os dois carrinhos acabaram no chão com as meninas rolando para fora deles. Nenhuma delas se machucou muito, então acabou valendo a pena.

Na mesma semana fomos ao One Pub em Lewisham, um pub que há tempos eu queria ir. Eu sabia de uma banda que tocava músicas dos anos 1990 e que frequentemente se apresentava lá. O lugar era bem simples, amplo e com a mobília e decoração um pouco mais moderna que os pubs onde estávamos acostumados a ir.

Na ocasião, o lugar estava cheio por causa da banda. Era composta por pessoas de em média 45 a 50 anos, assim como a maioria do público ali presente. Eu adoro estar em lugar com pessoas mais maduras; talvez seja por causa da minha aversão por jovens "descolados". O melhor era que todos ali pareciam ser amigos e fãs da banda, tiravam fotos, filmavam e cantavam todas as músicas. A banda era ótima; tocava músicas dos anos 1990 de bandas como U2, Blur, Oasis e Radiohead.

Foi naquela noite também que conhecemos Gandalf.

– Tá vendo aquele senhor barbudo ali no canto? – perguntou Abdel.

— Sim, parece um mago — respondi.

— Exato. Chamam ele de Gandalf. Ele é traficante. Passei o maior aperto da minha vida, porque um amigo meu me pediu para encontrá-lo, pegar alguma coisa e passar um dinheiro pra ele. Atravessei a cidade inteira quando fui visitar esse amigo com um pacote estranho. Fiquei curioso e abri. Descobri que era quase um tijolo de maconha prensada, fiquei desesperado e não sabia o que fazer.

— E aí? Jogou o bagulho fora? — perguntei, rindo e imaginando o pânico de Abdel, tão politicamente correto, carregando aquilo.

— Não, mas passei muito aperto. Na hora, achei que tava todo mundo na rua olhando pra mim e morri de medo de ser pego! Quando encontrei meu amigo, quis matá-lo! Eu podia ser preso por conta disso e nem sabia que ele usava essas coisas! Como eu poderia imaginar que um idoso seria traficante?

Todos nós rimos da inocência do nosso amigo.

— Só espero que ele não me reconheça e venha aqui falar com a gente! — completou.

Foi só ele dizer isso que o tal Gandalf se levantou e veio até nós. Ele era do tipo de pessoa que ia de mesa em mesa conversando com gente aleatoriamente. Era bastante espirituoso, e fazia de tudo para nos fazer rir. Zombava de nós e dele mesmo, e até que foi uma boa companhia naquela noite, apesar da contrariedade de Abdel.

Na hora em que a banda fez um intervalo, deixaram uma música eletrônica tocando ao fundo, acho que Rihanna, ou algo parecido. Nesse momento, Gandalf levantou da nossa mesa sem dizer nada e sentou na bateria desocupada da banda. Ele tocava ao ritmo da música do ambiente, como se previsse o ritmo da música, até mesmo com as entradas mais elaboradas para o refrão. Gandalf era uma velha e barbuda caixa de surpresas.

O bar servia caipirinha, apesar de estar anunciando no menu *caipinha*. Pedi uma ao garçom, para saber se ingleses conseguiam fazer uma boa bebida com cachaça. Ela era boa, todo mundo adorou e acabou pedindo também.

Descobri que ninguém no mundo bebe tanto quanto os alemães. Depois de algumas doses, já estava quase babando na mesa, enquanto Marvin e Ronja só estavam no começo, e pediram algumas doses de licor.

Depois de muito beber, Marvin, Ronja e eu fomos embora cantando:

— *Somewhere over the rainbow, nam nam nam...* — e nenhum de nós sabia o resto da música.

28

> *Can't help about the shape I'm in*
> *I can't sing, I ain't pretty and my legs are thin*
> *But don't ask me what I think of you*
> *I might not give the answer that you want me to.*
>
> FLEETWOOD MAC

As minhas aulas na universidade no Brasil estavam prestes a voltar, e eu iria perder duas semanas de aula para terminar o curso no Athenaeus. Estava preocupado com minhas ausências, pois muitos dos meus professores eram rígidos e eu sabia que iam implicar com aquilo.

Seguindo o conselho de Sandra, enviei um e-mail para todos os professores avisando que eu estava fora do país estudando, que iria perder algumas aulas e se havia alguma atividade que eu pudesse fazer a distância para compensar as aulas perdidas. A maioria dos professores ignorou o e-mail, mas um deles respondeu, pedindo que eu fizesse um minidocumentário em vídeo sobre o jornalismo na Inglaterra e na Europa.

Que merda, pensei. preferia que ele também não tivesse respondido. Eu não fazia ideia de como abordar o assunto. Então, decidi que devia começar a pesquisar o mais cedo possível e ficar atento à abordagem dos noticiários para que eu pudesse relatar no trabalho.

Reparei em algumas diferenças com o jornalismo brasileiro. Uma delas era a forma otimista e até um pouco nacionalista como as notícias eram dadas. Na Inglaterra, se alguém cometesse um crime, a notícia dizia nas entrelinhas: "essa pessoa está encrencada, a polícia está atrás dela e ela não vai se dar bem". Já no Brasil, muitos noticiários apavoram os espectadores dizendo até mesmo explicitamente: "nós é que estamos encrencados, os bandidos são poderosos e a polícia nada faz para nos proteger". Mostra-se também, passo a passo, como a ação criminosa é feita.

Para quem assistisse aos telejornais, ficava parecendo que tragédias e crimes aconteciam mais nos países do continente europeu que na própria Inglaterra. A pior notícia que vi naquela semana, que aconteceu no país, foi uma mulher que morreu congelada no rio – ela tentava salvar seu cachorro. Enquanto isso, falava-se muito de um incêndio em uma boate na Rússia com vários mortos, além de assassinatos na Itália.

Os tabloides impressos vinham todos com notícias de celebridades nas capas, era algo que há meses eu vinha reparando. Pareceu-me que a atuação dos *paparazzi* no país era bem forte, acho que até uma tradição inglesa. Reparei que a cantora Sheryl Cole estava na capa da maioria deles; qualquer espirro que ela desse virava capa de jornal. Achei estranho, porque no Brasil mal se ouvia falar dela; já na Inglaterra, parecia que cada passo dela era motivo para rebuliço.

Para conhecer mais de perto o processo de produção de notícias, eu agendei uma visita à BBC. No dia, saí cedo de casa, porque o lugar era longe. Peguei ônibus e metrô, e quando cheguei vi que eu estava algumas horas adiantado. Era um bairro bacana, então resolvi dar uma caminhada por ali para conhecer. Acabei encontrando um prédio espelhado com uma arquitetura moderna e fui em direção. Era um shopping center, um dos poucos grandes que vi em Londres. Ele tinha um espaço bastante amplo por dentro e vários andares. Foi onde eu almocei e esperei que desse o horário da minha visita. Era um pouco raro encontrar um shopping daqueles em Londres, me senti em São Paulo ou qualquer outra cidade grande, esses lugares são iguais em qualquer lugar do mundo.

Eu queria filmar o interior da BBC para usar as imagens em meu minidocumentário. Então, assim que entrei, enquanto aguardava, comecei a filmar um painel de *led* que passava manchetes de notícias. Fui repreendido pelo segurança, que disse que era proibido filmar lá dentro.

A visita acabou não sendo muito útil para a minha pesquisa, principalmente porque não pude fazer nenhuma gravação no lado de dentro. A BBC tinha uma quantidade de funcionários e uma estrutura extraordinária, mas fora isso os procedimentos e princípios ditos pela guia não fugiam muito do brasileiro. Algumas curiosidades contadas pela guia me chamaram a atenção, como as exigências de alguns artistas:

– A cantora Mariah Carey pediu em seu camarim cinco cães filhotes para brincar com eles. Infelizmente, tivemos que dizer a ela que não seria possível – contou a guia.

Minha tia me enviou um dinheiro para que eu fizesse algum curso enquanto estivesse em Londres; ela sempre se preocupou muito com que eu tivesse um currículo bom. Pesquisei bastante e encontrei um curso intensivo de uma semana na London School of Journalism. Era um curso prático, com bastante produção de notícias, e duraria uma semana com aulas pela manhã e pela tarde. Seria também de grande auxílio para o minidocumentário que eu teria que fazer. Teria de perder algumas aulas no Athenaeus. Para mim não era problema, mas sabia que a direção iria implicar com minha ausência.

A London School of Journalism era uma faculdade que oferecia cursos de graduação, pós-graduação e disciplinas livres no período das férias, como era o caso da que eu estava fazendo. Ela ficava em Malda Vale, localizado no oeste de Londres. O percurso era grande até lá e eu teria que sair cedo de casa.

Foi a primeira vez que experimentei pegar o trem

em Brockley com ele realmente lotado. Espremido, fui até London Bridge, o que demorou um tempo considerável, pois o trem parava às vezes entre as estações. Em London Bridge, ele esvaziava bastante e dava até para eu ficar sentado até chegar em Waterloo, que era onde eu deveria descer e pegar a linha Bakerloo que passava por Baker Street – onde havia algumas imagens em homenagem a Sherlock Holmes, seu morador mais famoso –, para então chegar em Malda Vale.

Quando desci na estação, cheguei a uma região pouco movimentada – muitas casas, a maioria não tão conservada quanto em Brockley. Havia pouca gente na rua, e eu não fazia ideia de qual direção seguir para chegar à faculdade. As poucas pessoas que me deram informações foram muito simpáticas, o que reforçou minha teoria de que, quanto mais longe do centro em Londres, mais agradáveis são os transeuntes.

A escola era bem bonita e aconchegante; a entrada parecia uma garagem a céu aberto em que haviam instalado mesas, usadas durante as aulas no período de verão. A parte de dentro era bem maior do que parecia por fora. No andar de baixo havia uma secretaria e alguns laboratórios de informática, e na parte de cima, algumas salas de aula. Só que nossa aula não foi nessa parte do prédio. Então, eu e outros alunos da turma seguimos por um beco que levava a várias salas de aula instaladas em casinhas de tijolos laranja que pareciam pequenas garagens.

Uma vez instalados, o professor, um homem alto por volta dos cinquenta anos, começou a falar do seu vasto currículo de reportagens e entrevistas com pessoas famosas. Todos pareciam conhecer esses famosos, menos eu. A maioria se tratava de atores de novelas e comediantes, que não sei se eram conhecidos fora do Reino Unido. Mesmo assim, fingi que conhecia todos, acenava com a cabeça e sorria, como os demais, sempre que ele citava algum nome.

Em seguida, ele pediu para que entrevistássemos o colega ao lado e escrevêssemos uma pequena reportagem sobre ele para fazer uma apresentação à turma. O rapaz do meu lado, que eu deveria entrevistar, parecia ser indiano. Tinha a pele parda, cabelos negros, e eu juraria que era nascido em Nova Délhi.

— E então... de que cidade da Índia você é? — perguntei, já tendo certeza de sua nacionalidade.

— Na verdade, nasci em Londres mesmo — ele respondeu.

Ops, pensei. Eu sabia que era difícil tirar esse tipo de conclusão em uma cidade tão miscigenada quanto Londres. Fiquei sem graça, e assim entrevistamos um ao outro, eu com o não indiano, que por sinal se chamava Tom. Ele era um cara bacana e não pareceu se importar tanto quanto eu com a minha gafe.

A turma era composta por uma garota inglesa, dois jornalistas sul-africanos, um rapaz da Arábia Saudita, uma inglesa com cara de árabe, um homem inglês um pouco mais velho, o Tom e eu.

Na primeira aula o professor falou rapidamente sobre alguns conceitos básicos do texto no jornalismo como o *lead* e a estrutura de pirâmide invertida. Para praticar, nos passou algumas informações e disse para organizá-las em forma de notícias. Recebemos uma apostila bem grande para estudarmos em casa para as próximas aulas.

No fim da primeira aula, que durou o dia inteiro, o rapaz saudita veio andando e conversando comigo até o metrô. Achei simpático da parte dele, mas logo notei que ele adorava se gabar e provavelmente me achou idiota o suficiente para comprar o seu papo furado.

Contou que jogou futebol com os filhos do rei saudita e me mostrou fotos deles (como se aquilo fosse me impressionar). Vendo que não surtiu efeito, me contou que a irmã dele morava em um apartamento grande no centro de Londres e que sua família tinha casa em Miami. Isso não fez com que eu gostasse mais dele, então ele resolveu mostrar que não dava valor às suas coisas e me deu a apostila dele e pediu que eu levasse para ele, porque ele não tinha mochila.

– Amanhã você me devolve – ele disse.

Concordei em carregar para ele, mas logo depois me arrependi quando vi o peso extra que dava na minha bolsa.

– Então, você é do Brasil, não é? Lá não é um país muito moderno, não é mesmo? – ele perguntou, insistindo em ter uma conversa.

– Como assim?

– Você sabe, não é como Londres e Nova York, não tem muitos prédios nem carros – ele respondeu.

– É óbvio que tem! – respondi indignado. – São Paulo, por exemplo, tem tantos prédios que mal dá para ver o céu, muito mais do que Londres. Carros, então, nem se fala.

Talvez eu tenha exagerado um pouco, mas é porque fiquei impressionado com a ignorância do rapaz. É senso comum que quase todas as capitais no mundo têm carros e prédios, mas ainda há quem pense que no Brasil se vive em aldeias, jogando futebol e pulando Carnaval o ano inteiro.

– É mesmo? – respondeu ele indiferente.

Não voltei a ter paciência para conversar com ele nos dias seguintes. Ele pediu novamente que eu levasse a apostila dele, mas recusei. As aulas, em compensação, foram bastante produtivas. Produzimos reportagens, saímos na rua em busca de notícias na região e conseguíamos voltar, no geral, com um bom material jornalístico.

Quando voltei ao Athenaeus, na semana seguinte, fui bombardeado de questionamentos sobre minha ausência. Eu havia avisado que iria fazer outro curso no mesmo horário e iria me ausentar, mas parece que essa justificativa não foi o suficiente, e os funcionários tiveram que exigir maiores satisfações. Fui o mais evasivo, misterioso e indiferente possível, só para irritá-los.

29

> *I like it in the city when two worlds collide*
> *You get the people and the government*
> *Everybody taking different sides*
> *Shows that we ain't gonna stand shit*
> *Shows that we are united*
> *Shows that we ain't gonna take it.*
> ADELE

Para complementar o meu minidocumentário sobre a imprensa europeia, decidi coletar alguns depoimentos de colegas europeus. Peguei depoimentos de leitores leigos no assunto e até de algumas pessoas mais profissionais e entendidas, como era o caso de Maria, uma colega italiana formada em Comunicação. Maria aceitou de bom grado dar o depoimento e, como bom jornalista, transcrevo aqui o seu depoimento, exatamente como foi dito, sobre a mídia italiana: "Em geral, a Mídia italiana não está sempre conectada com a realidade, nem todas as informações são verdadeiras e não há muita diversidade de informações entre os jornais. Eles seguem uma linha em comum e é difícil de encontrar diferenças".

Ela ressaltou a questão da política, que parecia ter sido o principal motivo por querer dar o seu depoimento: "A maior evidência disso está na televisão. Berlusconi, nosso presidente, comanda três dos principais canais de televisão do país. Existem outros três canais, que são públicos. Então, ele acaba dominando grande parte da Mídia. Existem alguns jornalistas, e bons jornalistas, que expressam suas opiniões contra ele ou possuem uma postura satírica quanto ao governo e acabam sendo demitidos. Existe aí uma imposição à liberdade de comunicação. Isso é ruim para a população, eles recebem uma informação alterada e isso é empecilho à liberdade individual do cidadão".

Eu sabia que Ronja tinha uma história interessante, pois ela havia nos contado quando estávamos no pub. Pedi para que ela repetisse o caso enquanto eu filmava. Ela contou: "Na Alemanha, no dia primeiro de maio, sempre temos uma grande celebração, é o dia do trabalhador e as pessoas vão à rua para demonstrar suas opiniões políticas, e ocorre uma espécie de luta. De um lado, um pessoal racista e do outro os chamados sociais democratas, então a polícia interfere e acontece uma briga. Eu estava lá com meus amigos no centro de Berlin e não havia nada acontecendo, estava quase no fim da manifestação, mas alguns policiais vinham e agarravam pessoas aleatórias. No dia seguinte, vi uma foto minha com as mãos para o alto na capa de um jornal, que dizia: 'rebeldes atacam a polícia'. O que era obviamente mentira, pois a própria foto mostrava que estávamos com as mãos para o alto. Às vezes há uma grande preocupação em criar uma história bombástica para que as pessoas leiam, muitas vezes usam palavras como 'sanguinários' na manchete, só para chamar a atenção".

Ronja me mostrou a dita foto que ela havia guardado. Reparei que o visual do jornal era muito parecido com um determinado jornal presente em vários países. Então, questionei-a sobre a existência desse tipo de notícia e veículo em outros países em que ela viveu e ela disse: "É bastante comum esse tipo de jornal na Europa. Quando vim para o

Reino Unido, vi muitos desse tipo: pouco texto, muitas fotos chocantes e manchetes cruéis".

A professora Kwanda me recomendou que procurasse a professora Selena para que pegasse o depoimento dela também. Disseram-me que Selena era jornalista e poderia me ajudar me dando uma opinião entendida do assunto.

Fui até ela e pedi que me ajudasse, explicando qual era o objetivo do trabalho e o que ela deveria fazer, que era basicamente dar a entrevista e ser filmada. Ela pareceu meio desconfiada e disse que a procurasse no fim do dia, depois da sua última aula. Então, depois que minha aula terminou, eu fiquei no Athenaeus esperando que ela me atendesse. Kwanda havia me chamado para ir a um pub com outros colegas, mas eu disse que não podia por conta da entrevista.

Foi inocência da minha parte esperar pela ajuda da Selena. Ela não era uma pessoa muito agradável e me enrolou pela tarde inteira também. Fiquei à toa, sentado, esperando por muito tempo, imaginando Kwanda e os outros tomando uma cerveja. Por fim, quando já eram mais de dezoito horas, eu fui atrás dela, e ela disse que teria alguns poucos minutos para falar comigo.

– Primeiro, repete pra mim o que você precisa que eu faça – ela disse.

– É simples: vou fazer umas perguntas sobre a mídia londrina e sua experiência como jornalista. Espere só um segundo que estou ajeitando a câmera – respondi, enquanto procurava um ângulo bom.

– Espere aí, o que é isso aí? – ela perguntou, assustada, apontando para a câmera.

– É uma câmera. Eu falei que era um videodocumentário que eu fazia, esqueceu? – respondi, mesmo sabendo que eu havia avisado.

– Não, mas não quero ser filmada de jeito nenhum –

ela disse tapando o rosto como se eu fosse um *paparazzo* e ela uma celebridade pega no flagra.

— Mas você é uma jornalista, como pode ter medo de ser filmada? — questionei, tentando convencê-la.

— No momento sou uma professora, e não uma jornalista — ela respondeu.

Tentei convencê-la, mas ela estava realmente com medo da câmera, e tratar com pessoas cabeças-duras não é bem minha especialidade.

— Mas eu avisei que seria um vídeo. Se estava tão determinada a não ser filmada, devia ter me avisado, que eu não teria perdido uma tarde inteira esperando você — respondi, irritado.

— Mas eu não entendi que era filmagem. Aliás, não entendi nada quando veio falar comigo.

Àquela altura, ela estava gritando.

Eu já estava acostumado a ser enrolado por fontes, mas aquilo era demais. Nesse momento, meu sangue começou a ferver; senti um calor raivoso e disse calmamente:

— Não custava dizer: *eu não entendi, me explica melhor*. É assim que você age com seus alunos quando não entende o que eles dizem? Finge que nada foi dito? Você, além de péssima jornalista, é uma péssima professora!

Saí da sala, deixando-a sozinha. Nem cheguei a sentir peso na consciência por ter sido estúpido com ela; estava farto com a falta de educação da maioria dos funcionários do Athenaeus.

Mais tarde, contei o que aconteceu para Murat, que era aluno dela. Ele me disse:

— Não se preocupe, ela é assim mesmo. Não se importa com ninguém. Precisa ver como ela dá aula: responde para os alunos com falta de educação, além de gostar de humilhá-los.

30

So I kiss goodbye to every little ounce of pain
Light a cigarette and wish the world away
I got out, I got out, I'm alive and I'm here to stay.
JAKE BUGG

Sofie estava ansiosa para ir ao Anime Festival de Londres e fomos acompanhá-la, eu, Valentina, Jasmin e uma garota londrina chamada Jane. Esta última era a única londrina genuína que conheci, no sentido de ser natural da cidade e não ter nenhum registro de descendência de outro país.

Jane era exatamente o que se chama de *otaku*. Uma garota ruiva, baixinha e rechonchuda que amava cultura japonesa, especialmente mangás. Ela era fã de uma banda japonesa de um animê e só falava disso o tempo todo. Para ela, era como se todos nós também fôssemos fãs e também estivéssemos interessados no assunto. Ela dizia que odiava a Inglaterra e que queria ter nascido no Japão, onde ela já visitou e sonha em morar.

— Aqui tudo é sem graça, as pessoas são chatas. Lá no Japão é diferente: as pessoas são mais legais e a cultura é mais interessante — ela falou.

Ela dizia não ter muitos amigos, exceto alguns poucos que também eram fãs da tal banda do animê. Contou que sempre teve dificuldade de fazer amizades, principalmente quando criança, e era motivo de chacota por ser ruiva e ter sardas no rosto.

Ela e Sofie eram as que mais estavam interessadas no festival, o restante de nós foi só pela companhia. Saímos em um domingo ensolarado e encontramos o metrô lotado por conta de um jogo do *Chelsea* que ia ter próximo ao local do evento. O festival foi em uma escola antiga e bem grande. Só conseguimos encontrar o local porque seguimos um grupo de pessoas fazendo *cosplay*.

O evento estava bem lotado, e a maioria dos presentes estava fantasiada. Tinham vários personagens de *Naruto*, *Final Fantasy* e *Yu Yu Hakusho*, mas os que mais gostei foram os de *Death Note*. Uma garota interpretava o L e fazia seus gestos e expressões o tempo todo, sem sair do personagem nem na hora de comer. Algumas garotas se preocupavam tanto em estar como os personagens que vestiam pouquíssima roupa, sem se preocupar com o frio ou com a quase nudez. Comemos *yakissoba* e um doce que parecia um pãozinho recheados com um creme de ervas.

Fomos até o auditório, onde estavam acontecendo apresentações. Uma mulher japonesa estava em cima do palco, ensinando como fazer para vestir o *kimono* feminino, um procedimento bastante complicado. Ela elogiou os ingleses pelo interesse pela cultura japonesa:

— Fico muito feliz de ver tanta gente interessada na cultura japonesa. Os americanos, por exemplo, são muito fechados em seu modo de vida moderno e não têm muito interesse por coisas diferentes. É muito bom ver jovens como vocês querendo aprender esse tipo de coisa!

Em seguida, um rapaz iria fazer uma demonstração de uma dança chamada *para para*. Talvez por vir em seguida da apresentação do *kimono*, eu esperava que a dança fosse tradicional e lenta. Imaginei algo parecido com *tai shi shuan*.

No entanto, o rapaz que subiu ao palco usava uma roupa comum: uma camisa e um jeans. Ele parecia meio desengonçado e um pouco acima do peso, então minhas expectativas começaram a mudar. Ele explicou que a dança consistia em movimentos com os braços e que de início parecia difícil, mas logo ficava fácil. Ele disse que faria uma demonstração e em seguida ensinaria o passo a passo.

Ele então se posicionou com uma perna flexionada e com as duas mãos fazendo um formato de coração próximo ao peito. Só isso bastou para que eu tivesse que conter o riso, mas, quando a música começou, não consegui me segurar. A música era eletrônica, animada e romântica, como as de abertura de animês. Ele dançava freneticamente, mexendo os braços e fazendo formatos de corações com as mãos, enquanto olhava concentrado para o além. Eu não conseguia parar de rir; comecei a rir alto, sem conseguir me conter. Olhei para os meus amigos, mas todos pareciam sérios, ou ao menos segurando melhor o riso do que eu, o que tornava tudo ainda mais engraçado. Olhei para o dançarino, que continuava concentrado, o olhar fixo no fundo do auditório. A seriedade deles me dava ainda mais vontade de rir. Tive medo de que ele notasse minha risada, pois eu estava exatamente à sua frente. Ele fazia mais coraçõezinhos e, quanto mais eu tentava parar de rir, mais engraçado ficava. Fiquei com medo de que ele parasse e me desse uma bronca, e imaginar essa cena também era engraçado. Tive que levantar e sair, quase engasgando de tanto rir.

Quando voltei para Lewisham à noite, encontrei com Ronja e Marvin no Watch House. Contei para eles o que tinha acontecido, e eles também se dobraram de rir. Eles me entendiam melhor.

Sandra me contou que um novo estudante viria morar no quarto, há muito tempo desocupado, que antes pertencia a

Matteo. Fiquei feliz por ter nova companhia na casa. Ela disse que ele era de Guadalupe e que ele falava muito pouco inglês.

Maudit chegou ao fim da tarde e trouxe uma bebida típica de Guadalupe para Sandra. Ele realmente não sabia quase nada de inglês, e senti pena dele. Imaginei que enfrentaria uma situação bem difícil, principalmente caso não tivesse uma boa autoestima para lidar com isso, o que, porém, não parecia ser o caso. Ele era alto, negro, careca e forte. Pela sua postura, forma de falar e por muitas vezes ignorar ou não se importar com o que dizíamos, por pura impaciência, dava para notar que ele se sentia superior a nós.

Enquanto tomávamos chá, notei que a garrafa estava escrita em francês e perguntei, também em francês:

– No seu país se fala francês?

– Sim, falamos! – ele respondeu, um pouco aliviado.

– Eu falo francês, então, se você precisar de ajuda ou não entender alguma coisa, é só me falar – ofereci.

O problema é que ele levou muito a sério minha solicitude.

Fui dar uma volta com Pan no bairro e perguntei se ele queria ir junto para conhecer a vizinhança e saber onde ficavam os lugares aonde precisaria ir. Estava fazendo um tempo bom. Enquanto caminhávamos, ele disse repentinamente:

– Eu quero que você me leve ao centro hoje.

Sim, mestre, foi o que pensei em responder sarcasticamente. Eu sabia que pelo menos a palavra *please* ele conhecia, só não costumava usar por opção.

– Não vou ao centro hoje não. Mas posso avisar você quando eu for – limitei-me a responder.

Continuamos o passeio enquanto ele dizia que queria conhecer todos os lugares turísticos famosos da cidade, pois já tinha visitado muitos outros países, como a França, por exemplo, e que gostaria de conhecer Londres. Eu, escutando aquilo, comecei a ficar irritado com o jeito imperativo com que ele falava.

No dia seguinte, ele conseguiu eliminar todas as possibilidades que ainda havia de sermos amigos: me acordou às 5h30 da manhã, entrando no quarto e me perguntando em inglês:

– Você não vai à aula? Você disse que iria me mostrar como chegar lá hoje!

Se ele tivesse me ofendido, teria me irritado menos do que me acordar àquela hora me dando ordens. Irritado, respondi:

– Nós vamos de ônibus; falei que em meia hora a gente chega lá. Não precisa me acordar tão cedo!

– Mas precisamos nos arrumar – ele respondeu.

– Pode deixar, eu tenho despertador e acordo na hora que eu precisar – respondi, ainda mais irritado com a insistência dele em ter essa conversa.

– Não entendi, fale em francês! – ele me disse.

Com o sono que eu estava, mal conseguia falar em português, que dirá francês. Ele realmente devia achar que eu trabalhava para ele, já que queria até escolher em qual idioma eu deveria me expressar. Impaciente, respondi em francês:

– Só me deixe dormir, depois a gente conversa.

31

> *And I kept standing six-feet-one*
> *Instead of five-feet-two*
> *And I loved my life*
> *And I hated you.*
> LIZ PHAIR

Após tanto tempo aguentando a burocracia e o controle intenso da diretoria do Athenaeus, eu já estava ficando nervoso com o fato de estarem sempre controlando minha presença e exigindo satisfações. Naquela época, a instituição passava por uma reestruturação, o que parecia mais ser uma emergência causada pela falência do que uma intenção de se aprimorar. Alguns bons professores, como Jeffrey, haviam deixado o Athenaeus e, apesar de terem sido polidos e não terem comentado nada, notava-se que não estavam saindo muito satisfeitos.

Alguns dias antes da minha partida, a direção aplicou alguns questionários de satisfação sobre o funcionamento e a nossa experiência. Eu quis ser muito sincero ao respondê-lo, pelo bem do próprio Athenaeus, que possuía várias deficiências. O questionário era sobre a qualidade das aulas, do ambiente, da relação com os funcionários e a família que nos hospeda. Não medi palavras ao dizer o quanto me decepcionei com o

Athenaeus e deixei bem claro os diferentes pontos que me incomodavam. Elogiei muito a hospedagem na casa de Sandra, em compensação.

No dia seguinte, fui chamado pela Helen para conversarmos no saguão. Logo de início, já percebi que era sobre o questionário. Sabia que poucas pessoas haviam respondido. Percebi também uma postura um pouco intimidadora por parte de Helen, e, conhecendo-a bem, sabia que ela não gostara das críticas, por ser uma pessoa que detestava ameaças a seu pequeno pedestal.

Mesmo sabendo da sua intenção, não me deixei intimidar e me sentei com ela à mesa da recepção. Aquele ambiente era geralmente muito movimentado durante os intervalos e períodos entre aulas, mas naquele momento estava vazio, o que talvez a ajudasse um pouco mais a me intimidar.

Ela começou pegando meu questionário e lendo uma de minhas respostas, em que escrevi não gostar muito do ambiente do Athenaeus por ter presenciado momentos de rispidez com alunos. Por esse motivo, não me sentia tão bem-vindo ali. Após ler, ela disse:

— É isso mesmo?

Óbvio que era isso mesmo, do contrário eu não teria escrito. A pergunta servia mais para me amedrontar frente ao confronto e retirar o que eu disse.

— Sim, é isso mesmo — e exemplifiquei diversas situações em que a secretária com cabelo de samambaia e a própria Helen haviam gritado com os alunos.

Helen ficou bastante sem graça ao notar que minha reclamação tinha fundamento. Pensou um pouco e disse:

— Primeiro gostaria de pedir desculpa por essas situações, e garanto a você que vamos tentar melhorar nesse aspecto.

Ela continuou lendo minha resposta da próxima pergunta, na qual eu dizia que as aulas não possuíam um programa ou continuidade, o que fazia com que o conteúdo não progredisse e parecesse aleatório. Novamente, reforcei o que havia dito, exemplificando com situações e o fato de não termos materiais, somente folhas fotocopiadas.

A conversa com Helen continuou dessa mesma forma – ela lia uma resposta minha contendo alguma reclamação, eu exemplificava com algumas situações, e ela pedia desculpas e ia ficando cada vez mais gentil comigo. Por fim, ela reafirmou:

– Peço desculpas pelo que aconteceu, e prometo que iremos melhorar para receber nossos futuros alunos.

Achei respeitável a atitude dela ao assumir seus erros, e falei:

– Não precisa se desculpar, só achei que eu tivesse a obrigação de ser sincero no questionário, para que ajudasse na melhoria da escola.

Menti. Ela precisava se desculpar sim.

Os efeitos da conversa com Helen foram quase imediatos. No mesmo dia já reparei uma grande mudança de comportamento por parte dos funcionários da área administrativa. Até mesmo a secretária com cabelo de samambaia estava sendo simpática.

Havia algum tempo que eu tinha decidido me impor mais, notando que essa atitude traria mais respeito por parte dos outros. Mas foi naquele dia que isso me foi provado.

Com a chegada da primavera, tudo estava ficando diferente. O humor das pessoas melhorava, o clima estava agradável, as flores começavam a brotar, o sol apareceu, e eu me sentia cada vez melhor em relação a mim mesmo e a Londres. Enfim percebi o quanto a cidade havia me mudado e me feito amadurecer. Só era uma pena que, quanto mais eu me adaptava a Londres, mais se aproximava minha partida. Mas eu evitava ao máximo sofrer com antecedência. Escutava Rita Lee cantando ao meu ouvido: *pra quê sofrer com despedida?*

32

> *Your fabulous sabotage acting*
> *Is all that I need to see*
> *To know that you're a punk.*
> KT Tunstall

O St. Patrick's Day estava chegando e todo mundo comentava, como se fosse um dos dias mais importantes do ano, o que eu achei bastante estranho, pois no Brasil não comemoramos essa data.

Mary, nossa professora, estava fazendo uma contagem regressiva e insistia que devíamos vestir verde no dia. Para ela, que era irlandesa, aquele feriado era mais importante ainda. Ronja dizia que se não usasse verde, as pessoas te socavam na rua. Estávamos muito empolgados com o feriado.

– O que as pessoas fazem no dia de St. Patrick? – perguntei a Ronja enquanto almoçávamos no restaurante chinês em Lewisham.

– Bem, eu encho a cara todo ano. Não sei o que as outras pessoas fazem – ela respondeu.

– Legal, vamos seguir a sua tradição! – respondi.

O Athenaeus estava organizando uma festa no novo saguão para comemorar St. Patrick's Day, com direito a apresentação de dança irlandesa e cerveja típica. O problema era que a entrada era paga, e a bebida, à parte, por isso resolvemos não ir e usar o dinheiro que gastaríamos no ingresso da festa para comprar nossas próprias cervejas no Dylan's Pub.

 Convidamos nossa professora, a Mary, para se juntar a nós em nossa comemoração e ela pareceu entusiasmada com o convite. Ela disse que tinha que dar uma passada rápida na festa do Athenaeus e em seguida se juntaria a nós. Ela até nos deu seu número de telefone para que avisássemos em que pub de Lewisham estaríamos.

 Na noite de St. Patrick, nos encontramos na praça do relógio de Lewisham, eu, Ronja e Marvin. Enquanto discutíamos para onde íamos, Mary chegou e nos surpreendeu, nos chamando para ir à festa do Athenaeus. Ela estava lá dentro, nos viu lá fora e foi nos chamar. Constrangido, eu disse:

— Sabe o que é, nós não temos ingresso e não trouxemos dinheiro para isso.

— Não seja por isso; dou um jeito de colocá-los pra dentro — ela respondeu.

 Já que ela fazia tanta questão, fomos com ela. Ela entrou primeiro, trocou algumas palavras com o segurança e em seguida com uma das professoras, e logo nos chamou.

— Uau, Mary! Que lábia você tem! — Ronja brincou.

Naquele momento nós todos já adorávamos Mary.

— Você está ótimo com essa jaqueta e esse chapéu — ela disse, comentando sobre meu chapéu Fedora.

 Ela parecia ter bebido um bocado e nos puxou todos pela mão para irmos dançar com ela.

 Em seguida, houve uma apresentação de dança típica irlandesa. A dança era só com as pernas, enquanto os braços permaneciam estendidos ao lado do corpo. As garotas que se apresentavam eram tão rápidas que pareciam polvos, o movimento dava a impressão de que suas pernas se multiplicavam.

Novamente, Mary insistiu para que dançássemos e, como já havíamos bebido boas doses de licor, arriscamos alguns passos que não ficaram nada bonitos, enquanto ela ria de nós.

Depois de dançarmos e bebermos bastante, Mary foi se despedir de nós, dizendo que o seu marido estava cansado e queria ir embora, mas que se dependesse dela ela ficaria até mais tarde e até iria conosco ao pub mais tarde. Ela nos abraçou calorosamente, cochichou alguma coisa ao ouvido de Ronja e em seguida foi embora ancorada no esposo.

Perguntei a Ronja o que ela havia dito. Ela respondeu, repetindo o que a professora havia falado:

– Não faça nada que eu não faria, ou seja, seja safada!

– Ela é legal, não é? – comentei.

– Ela é incrível! – Ronja e Marvin concordaram.

Saímos do Athenaeus e seguimos a Lewisham High Road até o Dirty South, onde, segundo Ronja, estava tendo uma *jam*. Quando chegamos lá, vimos que o pub estava interditado, havia uma multidão do lado de fora e a polícia estava próxima colocando fita de isolamento. Pelo que parecia, havia acontecido uma briga.

– Vai ver alguém se esqueceu de usar verde e a outra pessoa levou a brincadeira do soco muito a sério – Marvin brincou.

Naquela noite, os pubs iriam ficar abertos grande parte da madrugada para celebrar St. Patrick's Day. Voltamos e resolvemos ir ao Dylan's, um pub que parecia ser bem tradicional visto de fora. Quando entramos, vimos que por dentro ele também era bem tradicional, com piso e paredes de madeira clara. Estava bastante cheio por conta do feriado, e o Dylan's tinha a peculiaridade de ser frequentado por pessoas mais velhas. Eu, Marvin e Ronja éramos os mais novos do lugar.

A entrada era pouco espaçosa, com poucas mesas apertadas em frente ao balcão perpendicular à porta, onde as bebidas eram servidas. Mais ao fundo era possível ver uma *jukebox* grande, e um espaço um pouco mais amplo com meia dúzia de mesas. Logo que entramos, um senhor negro, bêbado e usando um chapéu verde estilo cartola veio falar comigo.

– Você me faz um favor? – ele me pediu.

– Primeiro me diga o que é – respondi.

– Primeiro eu quero que você prometa que vai me ajudar – barganhou ele.

– Primeiro me diga o que é – insisti.

Ficamos nesse impasse por um bom tempo; estava paciente aquela noite. O homem tinha dedos enormes e a ponta deles era redonda, como se ele tivesse feito bolas de massinha para enfeitar as pontas dos dedos. Ele parecia ter orgulho dos seus dedos gigantes, pois não parava de mexê-los próximo ao meu rosto.

Finalmente, ele foi vencido pelo cansaço e me contou qual era o favor. Ele queria que eu tirasse uma foto com uma mulher loira sentada em uma mesa e que conversava com os homens sentados no balcão. Segundo ele, a mulher era a esposa dele. Mas, pelo que ele pedia, não parecia ser verdade, pois ele disse que ia beijá-la rapidamente e nesse exato instante é que eu deveria tirar a foto. Curioso em saber no que essa ideia daria, aceitei a proposta dele, que me pagaria uma cerveja em troca do favor. Ele foi andando atrás dela casualmente como se fossem desconhecidos e a agarrou por trás, dando beijos em seu pescoço. Foi quando comecei a tirar várias fotos consecutivas. A mulher, de início, gritou assustada, mas logo em seguida começou a rir e a corresponder à brincadeira.

– Se não fosse St. Patrick's Day e ela não estivesse bêbada, com certeza teria ficado brava – observou Marvin.

Por fim, consegui minha cerveja, e, em razão do feriado, eles faziam um desenho de um trevo de quatro folhas na espuma. Sentamos em uma das mesas dos fundos e conversamos por horas. Colocamos moedas no *jukebox* e pusemos

The Smiths para tocar, descobrindo ser algo em comum no nosso gosto musical. Cantamos e dançamos ao som de *Panic, What Difference Does It Make, Still Ill, This Charming Man*, entre outras. O homem dos dedos voltou a conversar conosco e disse, como se fosse grande novidade:

— Na verdade, ela não era minha esposa.

St. Patrick's Day é realmente um dos feriados mais importantes do Reino Unido. Mais do que qualquer outra coisa, marca uma época do ano que os ânimos mudam, tudo se torna mais agradável e possível, até mesmo tirar fotos com uma desconhecida dizendo que ela é sua esposa.

A última semana de aulas foi repleta de debates em nossa sala, alguns mais enérgicos que outros. Um deles foi sobre a invenção do avião. O texto dizia que brasileiros dizem ser Santos Dummont o inventor, enquanto os americanos, os irmãos Wright. Segundo o texto, não se sabe ao certo quem foi. Muitos insistiram que foram os irmãos, enquanto eu e os franceses argumentávamos a favor de Dummont.

Um dos debates que causou alvoroço foi sobre as mudanças ocorridas na Inglaterra, principalmente em Londres, onde coexistem tantas culturas que o tradicionalismo britânico se tornou quase um mito.

— Achei que fosse chegar a Londres e encontrar ingleses tradicionais com sotaque *cockney*, mas o que mais vejo são árabes e sotaques jamaicanos — disse Andrew, indignado.

Muitos concordavam com eles, e outros, como Anthony, foram além, fazendo alguns comentários racistas, culpando os imigrantes por uma suposta decadência do país. Muitos demonstraram uma nostalgia por um período em que sequer viveram, dizendo que Londres era melhor antes de toda essa cultura globalizada. Eu pensava justamente o contrário, mas estava cansado de discutir com o idiota do Anthony.

Quando Mary percebeu que alguns levavam o debate para um lado ofensivo, como era o caso de Anthony, interveio dizendo:

– Não adianta ansiarmos por uma época que já passou ou repudiar as diferentes etnias que aqui existem. Eu vim de fora, assim como vocês, e assim o país muda e se renova. Deixe a Inglaterra tremer, mudar e se tornar cada vez mais um país singular.

Com sabedoria e inesperada modernidade, vinda de uma senhora com um ar tão tradicional, Mary fez a turma se calar e mudou de assunto.

33

> *They caught him today*
> *Based ridiculously on his race*
> *They weren't sure*
> *He even did it*
> *But they needed a random face.*
> ALANIS MORISSETTE

Na minha última semana em Londres, frequentamos os pubs de Lewisham todos os dias da semana, mesmo que tivéssemos que acordar cedo no dia seguinte e assistir aula semiacordados. Ronja e Marvin eram sempre minhas companhias, e faziam questão de aproveitar todos os momentos que nos restavam juntos.

Já na minha última noite antes de voltar para o Brasil, quase todos os meus amigos se comprometeram a ir também e fiquei muito feliz de encontrar no horário marcado, Jasmin, Murat, Sofie, Abdel, Ronja e Marvin me esperando.

Eu não havia feito muitos planos para aquela última noite, mas na hora decidimos jantar em meu restaurante chinês favorito e em seguida irmos a cada um dos meus pubs favoritos ali de Lewisham: Market Tavern, One Pub, Dirty South, The Watch House e Dylan's.

Enquanto jantávamos e conversávamos animadamente, percebi que Marvin estava quieto, sem falar nada, não havia pedido nada para comer e de tempos em tempos tirava discretamente um pedaço de pão do bolso e mordia.

Perguntamos a ele o que estava acontecendo, e, assim que voltei minha atenção a ele, reparei que ele estava com o rosto inchado, no lado direito, próximo à boca.

– Não foi nada de mais – começou dizendo. Em seguida, contou que na noite anterior tinha sido agredido no caminho de casa. Uma garota o parou perguntando alguma coisa que ele não entendeu. Ele se aproximou mais dela para tentar entender. Foi quando o namorado dela surgiu e, de repente, deu um soco no rosto de Marvin e gritou: *volte para seu país, babaca*.

Marvin caiu no chão com o golpe e teve o sangue-frio de simplesmente levantar e continuar seu trajeto sem causar confusão.

– Isso é muito grave, sim! Você devia ter procurado a polícia, denunciado o cara o por agressão xenofóbica – falei.

Não imaginei que isso ocorreria a um alemão branco. Foi inocência minha achar que atitudes dessas se restringiam às minorias e que o restante estaria a salvo.

– Não se preocupem, não foi nada, eu estou bem – Marvin afirmou.

Senti-me muito mal pelo que ocorreu com ele, e senti uma mistura de raiva e melancolia pelo restante da noite. O que mais me incomodava era por ele ser um garoto de dezoito anos, que sempre foi muito educado e respeitoso.

Mais tarde, começamos nosso circuito de pubs e, à medida que fomos bebendo, Marvin ficou mais à vontade e acabou esquecendo a dor.

Pude me despedir de Gandalf, o traficante, que veio falar conosco no One Pub. Notei que sentiria falta até mesmo daquela figura pitoresca.

Foi uma noite animada no *The Watch House*. As pessoas até nos olhavam como que dizendo *What the hell is that?* Cantamos cada um o hino de nossos países, e Sofie, como boa turista asiática, filmou tudo.

Meus amigos me levaram até o ponto de ônibus; me despedi de todos com um abraço apertado e esperamos até que meu ônibus chegasse. Fiz o possível para não ser muito sentimental e evitei imaginar aquele momento como a última vez que os veria. Eles também pareciam estar tranquilos, principalmente Ronja, de quem eu talvez esperasse um pouco mais de emoção ao me despedir, por ser a pessoa de quem mais me aproximei.

Quando o ônibus chegou, acenei para eles e embarquei. Continuei acenando pela janela, contendo minhas emoções. Foi quando comecei a sentir dor no estômago.

No dia seguinte, acordei ansioso e ainda com a mesma dor no estômago. Eu teria a manhã para arrumar minhas malas, almoçaria rápido e logo em seguida o taxista que eu havia contatado viria me buscar. Liguei para minha família logo cedo e, quando contei ao meu irmão mais velho sobre minha dor de estômago, ele disse:

— Isso sempre acontece com você quando tem que se despedir. Você é cheio dessas frescuras.

Imaginando que minha dor fosse psicológica, resolvi tentar esquecê-la e arrumar minhas malas o mais rápido possível. Despedi-me de Sandra bem cedo, quando ela saiu, e ambos dissemos que foi um prazer aquele período de convivência. Creio que tenham sido palavras sinceras. Eu estava sozinho em casa e consegui ajeitar tudo com certa folga de tempo e, com muita dificuldade, consegui fechar a mala. Fui almoçar no *fast-food* em Brockley Cross e voltei para casa para aguardar o táxi.

Quando cheguei em casa, fiz uma rápida vistoria para ter

certeza de que não me esquecia de nada e acabei encontrando um tênis que eu havia esquecido de guardar. Quando o coloquei na mala, ela não fechava mais, mesmo se eu sentasse em cima dela.

    Entrei em desespero. Faltava pouco tempo para que o taxista chegasse e eu não podia deixar o tênis para trás.

    O jeito foi reorganizar a mala para encontrar alguma forma dela fechar. Levei a mala para a cozinha para que eu pudesse me concentrar melhor, colocando-a em cima da mesa. Tirei tudo da mala e comecei a colocar tudo de novo, fazendo o possível para economizar espaço. Enquanto isso, minha dor de estômago só aumentava, como se o meu corpo tentasse tornar físico o meu desespero.

    No exato momento em que consegui fechar a mala, o taxista me ligou dizendo que estava do lado de fora. Despedi-me rapidamente de Pan, da casa, de Drakefell Road, de Brockley e de Londres.

    O motorista do táxi era um árabe muito simpático. Ele me disse seu nome, mas eu não consegui entender. Pedi para que ele repetisse, e depois mais uma tentativa, em vão. Na terceira, fingi ter entendido, pois estava ficando constrangedor. Guardamos minha mala e partimos em direção ao aeroporto Heathrow.

    Durante o trajeto, o motorista fez questão de ser simpático, me fez perguntas e me contou um pouco da vida dele. Eu tinha dificuldade em entender o que ele dizia. Dava para perceber que ele tinha um vocabulário bom, mas seu sotaque árabe era tão forte, que às vezes eu até duvidava de que ele estivesse falando inglês de fato.

    Ao contrário dos outros taxistas que conheci em Londres, aquele sempre me falava os nomes das ruas e explicava o nosso trajeto. Quando chegamos à região central de Londres, o trânsito estava terrível; demoramos quase meia hora para atravessar cada avenida. Expliquei para ele que eu estava com pressa, que tinha medo de perder o voo, mas ele me disse para relaxar, porque se preocupar não adiantava nada. Ele ainda disse que estava fazendo o possível para chegar o quanto antes. Tão grande foi o esforço dele, que, ao atravessar o semáforo, ficou parado com seu carro, impedindo o trânsito na rua, bem no meio do cruzamento. O primeiro dos vários carros que queriam atravessar o caminho começou a buzinar e a xingar. O motorista era um jovem de cabelo partido para o lado e óculos de aro grosso, típico *hipster* inglês, dirigindo um New Beatle.

Mesmo com toda aquela confusão, o taxista não se alterou; deu de ombros e disse, olhando para o outro motorista, que provavelmente não conseguia escutá-lo:

– O que eu posso fazer?

Ser indiferente à irritação alheia e à minha própria se tornou desde então um dos meus objetivos de vida. Queria ser mais como o taxista de nome impronunciável. Sua indiferença chegava a ser divertida.

Depois que saímos do trânsito e começamos a nos aproximar do subúrbio londrino, continuamos nossa conversa. Ele dizia algumas coisas que muitas vezes eu não entendia ou às quais simplesmente não tinha nada a acrescentar, por isso apenas concordava.

–Você precisa falar mais em inglês se quer falar melhor – ralhou ele, bem-humorado. O T em seu *better* ("melhor") era o mais forte que eu já havia escutado, muito mais que o sotaque *cockney* mais tradicional.

Como era engraçado aquele taxista. Ele me fez entender melhor a situação vivida por Kerouac, tendo seu *satori* em Paris em uma conversa com um taxista. Finalmente havia encontrado um que me fizesse pensar isso. Pensando melhor, ele era uma figura que resumia bem toda essa experiência em Londres. Nele estava contida toda a cidade.

Estava anoitecendo quando chegamos a Heathrow. Sentado no avião esperando que ele decolasse, olhei ao redor para brincar, assim como na ida, de imaginar quem seriam as pessoas ao meu redor e suas histórias fictícias. Minha fileira estava toda desocupada, exceto pela cadeira do canto esquerdo, que tinha uma garota bonita de cabelos castanhos longos, usando óculos, lendo um livro. Notei que ela estava tendo dificuldade em se concentrar; roía as unhas e fechava o livro de minuto em minuto, como se algo a incomodasse.

Quando pediram aos passageiros que se sentassem para se prepararem para a decolagem, foi a sentença da garota: ela começou a chorar e soluçar desesperadamente. O veredicto foi provavelmente de uma longa temporada longe de Londres e todas as pessoas que ela havia conhecido lá.

Vendo a garota sendo amparada pela aeromoça, me dei conta de como era triste deixar Londres, e minha dor de estômago voltou a exteriorizar minha ansiedade. Senti que aqueles meses foram ao mesmo tempo doces e amargos, um período que havia passado muito rápido.

Hoje, vejo a situação de forma diferente. No momento ouço Gilberto Gil cantar: *Hoje eu me sinto como se ter ido fosse necessário para voltar tanto mais vivo de vida mais vivida, dividida pra lá e pra cá.*

Índice de Traduções Livres das Músicas Citadas

1

"Malditos Europeus!
Levem-me de volta para a bela Inglaterra
E a úmida cinzenta imundice de anos
E livros surrados
Névoa rolando atrás das montanhas
E os cemitérios de capitães mortos do mar"
Artista: PJ Harvey
Música: Last Living Rose
Álbum: Let England Shake

2

"Vire esse pássaro louco de volta
Eu não devia ter pego este voo essa noite"
Artista: Joni Mitchell
Música: This Flight Tonight
Álbum: Blue

3

"Ei, garoto branco
O que você tá fazendo nesse bairro?
Ei, garoto branco
Você tá atrás das nossas mulheres?"
Artista: The Velvet Underground
Música: I'm Waiting For The Man
Álbum: The Velvet Underground & Nico

4

"A VIDA CONTINUA
Você tem mais que dinheiro e razão, meu amigo
Você tem coração e está seguindo o seu caminho"
Artista: Noah And The Whale
Música: L.I.F.E.G.O.E.S.O.N.
Álbum: Last Night On Earth

5

"Agora me sinto perigoso
Andando nos ônibus da cidade como hobby é triste"
Artista: Belle & Sebastian
Música: The State I am In
Álbum: Tigermilk

6
"Me deite
Deixe que o único som
Seja a inundação
Bolsos cheios de pedras"
Artista: Florence + The Machine
Música: What The Water Gave Me
Álbum: Ceremonials

7
"Sou uma cidadã do planeta
Meu presidente é Kwan Yin
Minha fronteira é em um avião
Minhas prisões: casas de reabilitação"
Artista: Alanis Morissette
Música: Citizen Of The Planet
Álbum: Flavors Of Entanglement

8
"Pôr do sol da tarde, céu colorido
Na pressa da rotina, alguns viverão alguns morrerão"
Artista: Câmera
Música: Midnight Fever
EP: Not Tourist

9
"Londres te odeia"
Artista: The Kills
Música: London Hates You
Single: Tape Song / London Hates You

10
"Segunda-feira de manhã acorde sabendo que você precisa ir à escola
Diga à sua mãe o que esperar, ela diz que é inesperado
Você quer trabalhar na C&A? Porque é o que eles esperam
Mude para o setor de lingerie e sinta-se o Joe do almoxarifado"
Artista: Belle & Sebastian
Música: Expectations
Álbum: Tigermilk

11
"Vamos fazer reggae a noite toda, yeah!
Você é tão rápido! Eu sou tão lento, porque...
É assim que eu gosto que role"
Artista: Cansei De Ser Sexy
Música: Let's Reggae All Night
Álbum: Donkey

12

"Um dia terrível e ensolarado
Então vamos para onde somos felizes
E eu te encontro no portão do cemitério
Keats e Yeats estão ao seu lado"
Artista: The Smiths
Música: Cemetry Gates
Álbum: The Queen Is Dead

13

"Oh é tão solitário
Quando você está andando
E as ruas estão cheias de estranhos
Todas as notícias de casa que você lê
Só te deixam tristes"
Artista: Joni Mitchell
Música: California
Álbum: Blue

14

"A Inglaterra é minha - ela me deve uma vida
Mas me pergunte por que e eu cuspo em seu olho"
Artista: The Smiths
Música: Still Ill
Álbum: The Smiths

15

"Eu começo a correr em direção ao horizonte
Eu queria apenas ser corajosa
Preciso me tornar uma garota com coração de leão
Pronta para a luta"
Artista: Florence + The Machine
Música: Rabbit Heart
Álbum: Lungs

16

"Querida garçonete catastrófica,
Lamento se o pessoal te trata com frio desrespeito
Eu sei que é difícil"
Artista: Belle & Sebastian
Música: Dear Catastrophe Waitress
Álbum: Dear Catastrophe Waitress

17

"Uma rodada para esses loucos e esses soldados
Mais uma rodada para esses meus amigos
Vamos ter mais uma rodada para o brilhante demônio vermelho
Que me mantém nessa cidade turística"

Artista: Joni Mitchell
Música: Carey
Álbum: Blue

18

"Tudo bem se você não aguenta deixá-lo dançar
Tudo bem é seu direito venha tentar uma chance
De ter um romance enquanto dança
Livre!"

Artista: Cat Power
Música: Free
Álbum: You Are Free

19

"Eu só quero voltar e permanecer do jeito que eu era
Porque você levou toda minha juventude
E eu odeio quem me tornei"

Artista: Haim
Música: Go Slow
EP: Forever

20

"A história nos envia mensageiros tão estranhos
Eles vêm através do tempo
Para nos envolver e nos enfurecer"

Artista: Patti Smith
Música: Strange Messengers
Álbum: Gung Ho

21

"Você está indo para Scarborough Fair?
Salsa, sálvia, alecrim e tomilho
Lembre de mim àquela que lá vive
Ela já me foi um verdadeiro amor"

Artista: Simon and Garfunkel
Música: Scarborough Fair / Canticle
Álbum: Parsley, Sage, Rosemary and Thyme

22
"Bem, eu acho que vejo outro lado
Talvez outra luz que brilha
E eu olho agora através da porta
E eu ainda pertenço a mais ninguém"
Artista: Mazzy Star
Música: Halah
Álbum: She Hangs Brightly

23
"Toda noite antes de dormir
Encontro um bilhete, ganho na loteria
Colho pérolas do mar
Troco-as e compro todas as coisas que você precisa"
Artista: Patti Smith
Música: Free Money
Álbum: Horses

24
"Todo mundo sabe (Ela é uma femme fatale)
O que ela faz para agradar (Ela é uma femme fatale)
Ela é só uma provocadora (Ela é uma femme fatale)
Veja como ela anda
Ouça como ela fala"
Artista: The Velvet Underground & Nico
Música: Femme Fatale
Álbum: The Velvet Underground & Nico

25
"Discussões
Gin em xícaras
E as folhas no gramado
Violência em pontos de ônibus
E a moça magra e pálida com olhar de desamparo"
Artista: Babyshambles
Música: Albion
Álbum: Down In Albion

26
"Ainda frio como as estrelas
É exatamente assim que você é"
Artista: Mazzy Star
Música: Still Cold
Álbum: Among My Swan

27

"Crianças pobres vestidas como se fossem ricas
Crianças ricas vestidas como se fossem pobres
Crianças brancas falando como se fossem negras"
Artista: The Libertines
Música: Campaign Of Hate
Álbum: The Libertines

28

"Não posso fazer nada sobre a forma que eu sou
Não sei cantar, não sou bonito e minhas pernas são finas
Mas não me pergunte o que penso de você
Posso não dar a resposta que você quer ouvir"
Artista: Fleetwood Mac
Música: Oh Well
Single: Oh Well

29

"Eu gosto da cidade quando dois mundos colidem
Você vê as pessoas e o governo
Todo mundo tomando lados diferentes
Mostra que não vamos aguentar merda
Mostra que somos unidos
Mostra que não vamos aceitar"
Artista: Adele
Música: Hometown Glory
Álbum: 19

30

"Então dou um beijo de adeus para cada pedacinho de dor
Acendo um cigarro e desejo que o mundo vá embora
Eu caí fora, caí fora, estou vivo e estou aqui para ficar"
Artista: Jake Bugg
Música: Two Fingers
Álbum: Jake Bugg

31

"E eu continuo em pé com 1 metro e 85
Em vez de 1 e 57
E eu adorava minha vida
E odiava você"
Artista: Liz Phair
Música: 6'1"
Álbum: Exile In Guyville

32
"Seu fabuloso ato de sabotagem
É tudo que eu preciso ver
Para saber que você é um punk"
Artista: KT Tunstall
Música: The Punk
EP: The Scarlet Tulip

33
"Ele foi pego hoje
Baseado ridiculamente em sua raça
Eles não tinham certeza
Ele havia de fato feito
Mas eles precisavam de um rosto aleatório"
Artista: Alanis Morissette
Música: Symptoms
Single: Hands Clean

SAIBA MAIS, DÊ SUA OPINIÃO:

Conheça - www.novoseculo.com.br
Leia - www.novoseculo.com.br/blog

Curta - /NovoSeculoEditora

Siga - @NovoSeculo

Assista - YouTube /EditoraNovoSeculo

novo século®